Le Cheval
d'août

Synapses

Simon Brousseau

Fictions

À Laurence, ma joie

Cet ami qui te texte de temps à autre et dont la preuve de l'existence se résume à la vibration étouffée de ton téléphone dans la poche de ton pantalon, cet ami auquel tu ne réponds qu'après y avoir longuement songé, après avoir pesé le pour et le contre et cherché une formule qui saurait le dissuader d'insister tout en préservant l'image de votre amitié qui remonte à si loin, cet ami dont tu soupçonnes le désespoir muet, il fut un temps où tu le voyais tous les jours avec un enthousiasme et une joie renouvelés, tandis qu'aujourd'hui tu parviens sans misère à ne plus penser à lui, sauf lorsque c'est inévitable, parce que tu te sens coupable.

Hier tu as consacré ta soirée à discuter avec Cleverbot, le logiciel capable de soutenir une conversation à peu près cohérente développé par Google pour distraire les désœuvrés qui boivent de la Fin du Monde en posant des questions métaphysiques à un programme baveux et qui ne peut vénérer qu'une chose, sa capacité à générer perpétuellement des réponses et des questions pour se garantir le dernier mot, ce privilège des maniaques et des machines, et dans l'hébétude de la dernière bière tu t'es surpris à taper rageusement sur le clavier quand il t'a répété que le sens de l'amour était l'amour et que le mieux était encore de ne faire que ce qui te plaît.

Tu as beau passer des heures couché sur le dos à observer les nuages en humant l'odeur de l'herbe fraîchement tondue par le voisin, tu n'arrives plus à y voir le moindre animal fantastique ni même un simple mouton, comme si ton cerveau s'était flétri jusqu'à désapprendre ces jeux d'invention qui ont pourtant été la substance de ta jeunesse, et tu ne peux plus capter autre chose que le sens littéral de ce qui se présente à toi, en l'occurrence des nuages plus ou moins nombreux et plus ou moins consistants qui évoquent tantôt la pluie, tantôt le beau temps, sans que tu puisses goûter la beauté des sculptures que le hasard souffle dans le ciel pour se désennuyer.

Dans le bunker secret de ta conscience tu calcules tout, archives des statistiques qui te permettent d'établir des corrélations entre tes gestes et les buts que tu t'es fixés, tu te mesures à l'entropie et à la crasse en désignant pour chaque chose une place qui lui revient, pour chaque tâche une façon de faire plus efficace, et tu étouffes ton irritation quand ta blonde ne suit pas le protocole, lorsqu'elle ne remplace pas le sac à ordures de la petite poubelle rouge pomme de la cuisine ou laisse encore traîner le limonadier, et que s'ouvre devant toi le gouffre des minutes que tu perdras assurément à le chercher la prochaine fois si tu ne le ranges pas tout de suite.

En cinquième année du primaire, à l'époque où les filles commençaient à occuper tes pensées, tu suivais assidûment *Beverly Hills 90210* dans le sous-sol du bungalow de tes parents, et sans t'en rendre compte tu t'es mis à transposer la série sur ton existence, tes meilleurs amis devenant respectivement Brandon, Steve et David, ce qui faisait de toi le sombre Dylan McKay, cet impénétrable orphelin vivant seul dans la maison dont il avait hérité à la mort de son père, et tu t'imaginais emmener Joanie, la plus belle blonde de la classe, dans ta Porsche décapotable où elle se serait transformée en Kelly Taylor, le temps d'un baiser haletant et mouillé comme ceux que tu regardais subjugué devant la télé.

Il y a longtemps que tu t'exerces à maîtriser les accords de base à la guitare pour jouer tes airs favoris autour d'un feu, tu t'y appliques parce que tu aimes les soirées d'été passées dans le bois avec des amis de longue date, te saouler et chanter jusqu'au lever du soleil puis ramper vers ta tente dans la rosée froide du matin, mais dès que tu t'exécutes devant ton public, tu t'empêtres dans les cordes et ta voix fausse, tes mains tremblent et tu transpires à grosses gouttes, ce qui t'incite à croire que tu n'es capable d'être vraiment toi-même que lorsque tu es seul, même si tu détestes plus que tout cet isolement.

Auparavant, le monde des plantes t'indifférait et tu jugeais que les gens qui s'y intéressaient avaient du temps à perdre, mais depuis que tu as passé l'été à t'occuper de celles de ta grand-mère malade, tu penses souvent au calme et à la frugalité des plantes araignées, à la douceur duveteuse des plantes grasses et aux parfums des fines herbes, tu envies cette joie autarcique de celle qui récolte ses tomates et qui mord à pleines dents dans le fruit de son labeur, la signification de ses gestes immédiatement accessible à ses sens, et tu veux perpétuer cette connaissance humble que ta grand-mère t'a permis d'entrevoir, la satisfaction de se dédier à quelque chose de simple et beau.

La promesse de parvenir un jour à faire le vide quelques secondes t'a convaincue de t'inscrire à ce cours de méditation que tu avais d'abord rejeté comme l'incarnation même de la spiritualité cheap caractéristique de ta génération, et jusqu'à présent ta mauvaise foi t'a empêchée d'entrouvrir ne serait-ce qu'un peu ton troisième œil, ton esprit est complètement médusé par le glacis ridicule qui recouvre la sagesse bouddhiste, ce consentement muet, dit le prof sans broncher, à la dissolution de l'être dans la lenteur de son souffle, et tu commences à croire que la source de ton malheur consiste justement en ta propension à tourner en ridicule tout ce qui permet aux autres de vivre et qui t'est rigoureusement interdit.

Un vieil ami fait des commentaires homophobes lors d'une soirée en terrasse et tandis que tu l'écoutes débiter ses niaiseries en te cachant derrière ta bière, le printemps où vous aviez tous deux sept ans remonte à la surface, cette époque où vous aviez pris l'habitude de passer des heures au sommet d'un grand sapin dans le parc de votre quartier, et où il t'avait proposé avec la simplicité de l'innocence, sans honte ni culpabilité, de l'embrasser sur la bouche, juste pour voir ce que ça ferait, et vos lèvres s'étaient scellées sur un secret dont vous n'aviez jamais parlé, jusqu'à ce que tu le lui remettes sous le nez juste pour le plaisir de le voir en colère.

Dans un wagon de métro bondé de travailleurs et d'étudiants en sueur, tu lis distraitement la section internationale du journal *24h* en tenant d'une main la barre au-dessus de ta tête pour ne pas perdre pied, quand une jeune femme se lève du siège en face de toi et t'offre, tout sourire, de prendre sa place, croyant faire preuve de gentillesse alors qu'elle t'assène la première d'une série de gifles annonciatrices de la vieillesse, toi qui n'as pas encore soixante ans et qui te targues de jouir d'une santé de fer, même si parfois, sous la lumière électrique de ta salle de bain, il est vrai que tu ressembles à un vieillard à qui on offre sa place par compassion.

Quand ta main a lâché prise en haut du mur et que tu as amorcé ta chute, la fraction de seconde pendant laquelle tu es demeuré suspendu dans les airs s'est divisée comme une cellule-mère en une multitude d'instants disponibles à ta conscience, et tandis que tu basculais sans moyen de te ressaisir, tu t'es accroché à la pensée réconfortante que ta blonde tenait la corde et que bientôt ta chute cesserait quelques pieds avant le matelas de sol, puis tu as encaissé le choc sec de l'impact et tu as souri béatement quand tu as vu tous ces visages inquiets penchés sur toi, comme si tu venais de naître une deuxième fois.

Lors de ton année d'études à Bordeaux tu as eu l'occasion de voyager partout où la curiosité te guidait, de Barcelone à Amsterdam en passant par Prague, Vienne et Bratislava, et dans chacune de ces villes tu as croisé à un moment ou l'autre, telles des ombres détachées des corps qui les ont projetées, les sosies de tes proches au Québec où la vie continuait sans toi, et pour te venger de l'indifférence de tes amis qui ne répondaient jamais à tes lettres, tu as pris l'habitude de lancer des regards méchants à ces doubles qui se baladaient d'un pas allègre dans la vieille Europe en faisant comme si tu n'existais pas.

Ce n'est pas que tu ressentes absolument le besoin de croire en quelque chose, mais tout de même, la vue du cadavre de ta grand-mère déposé dans un cercueil trop grand pour lui, la crispation des doigts assemblés en bouquet sur la poitrine ont achevé de ruiner en toi les pensées magiques qu'on t'avait inoculées, et la chair t'es apparue dans sa matérialité repoussante, sans autre horizon que sa dégénérescence, cette vision n'étant elle-même qu'un influx nerveux parcourant ton encéphale, un frisson animal trop longtemps confondu avec ce je-ne-sais-quoi de grandiose qui t'habiterait et qui justifierait tout, alors que rien ne distingue ton parcours de celui d'une balle qui poursuit sa trajectoire dans le noir vers un mur.

Tu vas à la taverne tous les samedis pour [illegible] karaoké avec tes camarades de classe, car tu sais q[illegible] voix fait tourner la tête des hommes, tu n'es pas la plus sexy, mais ton trémolo et ta façon provocante d'agripper le micro laisse présager des nuits olé olé, alors ils éclusent leurs Labatt 50 jusqu'à ce qu'ils te voient double dans ta belle robe à paillettes, et de temps en temps, tu en choisis un pour ses gros muscles bien bronzés ou pour le sourire qu'il esquisse quand tu le pointes du doigt et que tu lui fais signe de venir avec ton ongle rouge en chantant *I will always love you* mon beau beubé *I will always.*

Tu as décidé de quitter Moncton pour ouvrir un cabinet d'hypnose à ton nom, à Québec, et au commencement, malgré les réticences exprimées avec gêne par ta famille avant ton départ, ça marche, les gens te consultent pour guérir leurs phobies, leurs angoisses et leurs blocages, puis tu es forcé de te rendre à l'évidence qu'une fois guéris, ils ne reviennent plus s'abandonner à l'oscillation du pendule et au magnétisme de ta voix, ta clientèle te déserte et te laisse seul dans ton bureau avec le hibou empaillé et la photo de ta mère qui te regarde sévèrement lorsque tu formules en silence l'idée de t'enrôler dans l'armée, qui accueille à bras ouverts les gars désespérés comme toi.

Tu crois qu'il faut faire sa chance et c'est pourquoi tu as décidé de participer à tous les concours qui s'offrent à toi, d'abord à l'épicerie et dans tes magasins favoris, puis tu as élargi ta quête aux concours lancés dans les revues, dans les journaux et sur internet où les promesses abondent, ton hobby occupe désormais tous tes temps libres, tes efforts ayant heureusement été récompensés jusqu'à présent par une paire de billets d'avion en classe économique pour Orlando, cinq cents dollars de produits Yves Rocher, des serviettes de plage Club Piscine, un abonnement d'un an à *Échos Vedettes* et surtout, par la conviction inébranlable que quelque part, dans le gâchis du ciel, une étoile brille secrètement pour toi.

Le but est de garder la fumée dans tes poumons pour maximiser l'euphorie que te procurera cette dose quotidienne que tu t'administres en guise de récompense, ce petit nanane consommé dans le secret du cabanon où s'alignent les outils de ton père qui te martèlent dans la tête les innombrables responsabilités de la vie adulte qui t'attendent, certaines de te rattraper tôt ou tard au détour tandis que tu te pètes la face d'une session à l'autre en sciences de la nature, en administration puis en psychologie de l'enfance, et tu cherches à donner un sens à ces volutes qui se dissipent en une lente ascension vers le globe de cent watts qui pend au bout du fil comme ta motivation.

D'habitude, au printemps, tu aides tes oncles à entailler les érables de la cabane à sucre familiale à Saint-Henri de Bellechasse, mais cette année tu n'entends plus l'appel du clan ni la vibration à peine perceptible de la forêt quand les premières gouttes de sève s'écoulent dans les chaudières, et la tranquillité de la campagne t'est devenue sans intérêt, car ton corps est tout entier tourné vers la ville que tu habites depuis déjà un an, par ce métro grouillant de monde dans lequel tu t'engouffres chaque jour et où l'air manque quand tu te rends chez ce gars qui t'invite de plus en plus souvent dans son appartement d'Hochelaga pour faire l'amour et des cupcakes en écoutant Nina Simone.

Tes amis t'apprécient pour ta discrétion et tu sais les écouter avec un enthousiasme authentique et rare, ton attention aux détails te permet justement de discerner ce qui plaît aux autres, ce qui les apaise et ce qui les comble, et si tu es flattée par cette affection que tout le monde te porte dès la première rencontre, tu soupçonnes que ce qui fait ton mérite à leurs yeux est une non-qualité, une absence qui te constitue et que tu sais transformer en présence réconfortante, comme si, pour que ta compagnie ait une valeur, il te fallait accepter de devenir ce réceptacle fait pour accueillir silencieusement les confidences des autres.

Tu fais des longueurs à la piscine municipale trois fois par semaine depuis que tu as cessé de fumer, et malgré dix ans de boucanage assidu tes poumons tiennent le coup et te propulsent dans le corridor où tu accumules les longueurs au crawl, à la brasse ou les palmes aux pieds sans jamais sentir les limites de ton corps, qui glisse sur la surface bleutée comme les minutes sur ton visage le reste du temps quand tu n'es pas dans ce bassin dont l'odeur te réconforte et où tu parviens à t'absenter du monde, les oreilles bouchées et les yeux qui scrutent la ligne au fond de l'eau, comme un poisson qui aurait tout oublié en se retournant.

À la naissance de ton frère tu as été stupéfait d'apprendre l'existence des fontanelles et le rôle crucial qu'elles jouent dans la croissance du cerveau, tu ne pouvais t'imaginer concrètement ce petit miracle ni la sophistication qu'il impliquait, et quand tu le prenais dans tes bras tu devais lutter avec l'envie incontrôlable de palper du bout des doigts les parties molles de sa tête, d'en vérifier la consistance comme si c'était un avocat mûr, et aujourd'hui tu te félicites de ne les avoir touchées qu'une seule fois, avec délicatesse et bienveillance, quand tu constates la vigueur des idées qui jaillissent de ce crâne de technicien en automatisme, vives et sûres comme des traits de sarbacane fusant des fourrés.

Ton mari est mort dans son sommeil après s'être levé en pleine nuit pour aller aux toilettes puis s'être rendormi, et quand tu as constaté au matin la froideur de ce corps que tu as tant aimé, l'absence de vie dans ces yeux qui ont veillé sur toi durant cinquante-huit ans, la cruauté de la solitude que l'amour t'avait permis d'oublier t'est tombée dessus, elle te retrouvait enfin pour te faire admettre qu'il n'y a rien de drôle à vieillir, et malgré la banalité de se retrouver vieille et esseulée, la douleur que tu éprouves est jeune et vive, et les souvenirs, contrairement à ce qu'on dit, ne te bercent pas mais te narguent et t'injurient.

Tu fais d'abord revenir dans le beurre trois oignons et deux poivrons verts hachés finement, tu ajoutes une livre de porc et trois livres de bœuf haché dans la cocotte, et une fois que la viande est cuite tu incorpores deux tasses de ketchup, une tasse de relish et une bouteille de sauce chili Heinz, puis tandis que cela mijote tu prépares avec soin la pâte et tu la déposes dans des plats à tarte que tu remplis ensuite généreusement de garniture, avant de recouvrir le tout d'une poignée de mozzarella râpé et d'une autre couche de pâte, et à la fin tu te retrouves avec quatre magnifiques pâtés mexicains du Québec dans ton congélateur, un repas idéal pour les soirs de semaine avec la petite famille.

Après des années passées à l'étranger, tu es sortie hier au centre-ville avec ta blonde et des amis pour assister à un concert gratuit qui donnait le coup d'envoi à un festival, et une fois mêlée à la foule un malaise diffus s'est emparé de toi sans que tu saches en identifier l'origine, puis tu t'es aperçue, ébahie, que tu étais entourée de blancs de la classe moyenne, indiscernables dans l'uniformité de leur bon goût, et que votre sécurité était assurée par une horde de policiers vêtus de dossards jaunes déployés stratégiquement afin que rien n'échappe à leur regard panoptique, et à cette seconde tu as cru te voir telle que cet œil te perçoit, dans la violence feutrée de la plus consensuelle des joies.

Tu promènes quotidiennement ton chien saucisse dans les rues de Rosemont, où tu habites depuis bientôt cinq ans dans un condo avec ton copain, et au retour d'une balade au parc il s'est mis à se comporter curieusement, à baver, à geindre et à pisser sur le plancher, alors vous avez dû l'emmener à la clinique vétérinaire pour le faire examiner, et après plusieurs tests onéreux il a été conclu que Luigi avait ingurgité de la marijuana, sans doute un mégot jeté par terre par un jeune du quartier, et le spécialiste vous a assuré qu'il n'y avait rien à faire sinon attendre, et de retour à la maison, vous avez fait l'amour comme vous ne l'aviez pas fait depuis longtemps.

À ton humble avis, il s'agit de la scène la plus triste de l'histoire du cinéma, ce moment où le cheval blanc s'enfonce dans les sables mouvants d'un marais couvert de brouillard, tandis que le jeune garçon crie en vain le nom de son fidèle compagnon en tirant sur la bride de toutes ses forces frêles et que peu à peu la bête disparaît, sans se débattre ou même hennir, comme si elle avait l'intuition qu'à défaut de survivre il lui fallait mourir dans la dignité, tel un cheval héroïque dans un film pour enfants, et vingt ans plus tard tu ne manques jamais de pleurer quand tu revois cette scène sur le vieux Betamax que ton père voulait jeter et que tu gardes précieusement.

Il t'arrive de t'étendre sur ton divan et de penser à la fin du monde comme si elle était imminente et que d'une seconde à l'autre un météore ou une bombe atomique allait ouvrir une brèche dans l'équilibre de la nature qui, en l'humanité, avait trouvé les moyens de se contempler dans le miroir de la conscience, et malgré la gravité de cet avant-goût de la fin absolue, c'est d'abord ta misérable fin que tu crains quand tu regardes le ventilateur tourner au plafond et que tu essaies en vain d'imaginer sept milliards de morts comme la tienne, humilié par les limites de ton esprit qui se recroqueville sur lui-même tel un insecte qu'on aurait piqué.

Tu es sur le point de dire ton premier mot, tu n'en as pas conscience et pourtant tu t'apprêtes à parler, à participer au malentendu qui te liera désormais aux autres, ta bouche encore engourdie remue, pleine de bave, tu fais l'effort d'articuler une sensation, une pensée, la joie n'est rien sans mots pour la nommer mais, toi, tu sais, tu commences à entrevoir l'étendue de ta joie, tu gazouilles et tu fais des bulles, c'est ton rire que tu transformes en langage sous le regard ému de ta mère qui, étonnée par la simplicité des miracles, ne peut retenir ses larmes, des larmes que tu comprends avec l'intuition de l'enfant baigné d'amour et qui vient de balbutier ma, mama, mamaman.

Après des heures à dépouiller les annonces sur le site du Grenier aux emplois, tu as enfin trouvé une job qui ne requiert pas trop de lecture et après avoir pris rendez-vous, repassé ta chemise blanche et tes pantalons noirs, tu t'es rendu au restaurant, le souffle court, pâle comme une anémone perdue au large, emporté par tes courants souterrains, et dès que le gérant s'est levé pour t'accueillir dans son bureau et que son visage s'est défait en constatant à quel point ta main était moite, avant même d'ouvrir la bouche pour balbutier une formule de politesse maladroite, tu as compris que tu ne serais jamais qu'un subalterne, un homme sans conséquence à qui on n'offre le salaire minimum qu'à contrecœur.

La lumière te transperce l'œil et inonde ton nerf optique quand elle ouvre les rideaux d'un grand mouvement de bras et que son corps disparaît dans la brillance de l'été, son odeur sur toi comme une seconde peau qui décuplerait ton acuité et qui rendrait possible de prolonger l'instant qui fuit partout où il peut se glisser, coulant avec vos rires sous la porte et dans les craques des murs, ce battement qui vous voit libres de toute entrave et pleins l'un de l'autre, gavés comme un couple royal fait de chairs frissonnantes, deux corps triomphants dans l'espace froissé des draps blancs, ce huis clos que vous avez inventé pour vous y retirer quand vous prend l'envie de jouer aux Titans.

Tu écris un courriel aux responsables du projet Mars One pour poser ta candidature en espérant faire partie des colonisateurs qui s'embarqueront dans un aller simple pour Mars à chaque année dès 2024, alors que tu auras trente-quatre ans, et afin de séduire l'équipe de recruteurs néerlandais tu parles de l'espoir que tu fondes en cette planète rouge qui n'a pas encore vu de terrien fouler son sol et tu ajoutes que tu souhaites contribuer à cette entreprise qui donnerait une deuxième chance à l'humanité, que tu crois en la possibilité d'une civilisation plus intelligente et plus sensible, puis tu termines en remerciant Bas Lansdorp d'avoir redonné à l'utopie ses lettres de noblesse et à ta vie, un sens insoupçonné.

Tu as vu l'Artiste perdre un gant quand il a contourné le filet tandis que Wideman était à ses trousses, tu l'as vu faire volte-face pour le cueillir alors qu'il protégeait la rondelle avec grâce, tu as explosé de joie quand il a donné un coup de coude au visage de Tucker qui l'avait cherché, tu as vu Zednik s'écrouler sur la patinoire après un coup de la corde à linge servi par McLaren, les bras en croix comme un petit Jésus, tu as vu le même Zednik se faire trancher la carotide d'un coup de patin de Jokinen, son sang sur la surface glacée, mais tu n'as jamais vu la Coupe ni de près ni de loin, encore moins senti son odeur.

Les semaines où tu as la garde de ton fils, tu essaies de préparer des repas équilibrés, mais aujourd'hui tu as décidé que tu pourrais développer une belle complicité père-fils en revisitant un classique de ta jeunesse, alors tu t'es rendu avec lui au dépanneur du coin pour acheter une boîte de Kraft Dinner extra crémeux et un paquet de saucisses à hot-dog et tu as tendu un billet de cinq dollars au caissier en n'en revenant pas comme le plaisir est bon marché, puis le sourire facile vous êtes rentrés préparer le macaroni en n'oubliant pas d'y ajouter une bonne cuillère à soupe de beurre, pour transformer la poudre orange en fromage et la banalité en moment magique.

À seize ans, tu as pris l'habitude d'aller à l'Ostradamus sur la rue Couillard, d'abord c'était un des seuls bars où on vous laissait entrer sans poser de question, et il s'y tenait des séances de jazz au deuxième étage où vous vous asseyiez sur un vieux banc d'église entre le contrebassiste et le batteur, juste en face de ce musicien penché semaine après semaine sur son Fender Rhodes, improvisant des lignes mélodiques qui permettaient d'accéder à la grande beauté, et plus encore aux jeunes fêtards un peu perdus que vous étiez et pour qui ces sons magnétiques constituaient un portail inespéré, la possibilité de traverser en claquant des doigts de l'autre côté du miroir.

Tu ne comprends pas les filles pleines d'assurance qui se refont une beauté devant le miroir des toilettes publiques et qui se trouvent jolies, toi qui évites par tous les moyens ton reflet et qui avances le dos voûté, avec ta vadrouille et tes habits de concierge, toi qui n'as jamais voulu mettre tes seins en valeur parce qu'il ne te viendrait pas à l'esprit qu'un homme puisse ressentir autre chose que de la déception à leur vue, tu n'arrives pas à les comprendre, car ces belles personnes habitent une dimension qui t'est inaccessible, ton entourage t'ayant assez traitée de garçon manqué quand tu étais petite, pas assez bonne pour jouer au hockey mais assez costaude pour pelleter l'entrée.

Tu as vendu ta première Ninja Kawasaki au début de l'été 1997 à un dentiste qui avait envie de lâcher son fou, et ce jour-là tu as compris que le nom d'une marque fonctionne comme une incantation qu'il faut réciter au client avec le sérieux d'un chaman, Ninja Kawasaki, Kawasaki, son moteur est puissant, elle file comme le vent, serrez les poignées entre vos mains, laissez-vous emporter par sa tenue de route, tu as compris que tu vendais un *lifestyle*, que les gens veulent pouvoir s'enfuir à tout moment et que même s'ils ne le feront jamais, ils paient pour être convaincus que c'est la liberté qu'ils achètent lorsqu'ils répètent avec toi ninja, ninja, ninja.

Ta mère t'avait dit de rester sage et de garder le thermomètre sous ta langue sans y toucher, mais quand elle est revenue de la cuisine tu essayais, à quatre pattes sur le plancher de la salle de bain, d'attraper les petites boules de mercure qui fuyaient entre les joints des tuiles de céramique, jusqu'à ce qu'elle te prenne brusquement par le bras pour t'asseoir sur le comptoir et qu'elle te demande en panique si tu en avais mis dans ta bouche, et quand tu as répondu émerveillée que les billes étaient impossibles à attraper, elle t'a serrée dans ses bras avec une violence qui reviendrait te hanter quelques années plus tard quand tu visionnerais pour la première fois *Terminator II*.

Tu vas jouer à la pétanque avec le club de l'âge d'or une fois par semaine sur le terrain derrière la chapelle du village, et si tes yeux malades ne te permettent plus de distinguer que des formes floues, si les remarques bienveillantes de tes amis guident chacun de tes coups, la boule que tu lances avec une lenteur précautionneuse disparaît aussitôt qu'elle quitte ta paume, et si tu joues avec un certain entrain, les morts récentes de tes sœurs et de tes frères, puis celle de ta femme te reviennent et fatiguent tes élans, et tu te désintéresses de tes gestes à l'instant où tu les poses, car tu es absorbé par l'évidence béante du vide devant toi.

Il y a des choses que tu n'as jamais dites à personne, aucun de tes amis ne sait par exemple que vos petites soirées à gober des speeds ne te sont plus tellement exceptionnelles et que tu as l'habitude de prendre un quart de comprimé presque chaque fois que tu sors, parce que la drogue te permet d'offrir le meilleur de toi-même, ta langue se délie superbement pour révéler des opinions et une présence d'esprit qui autrement te font défaut, et personne ne sait non plus qu'il t'arrive de passer la journée au lit, enseveli sous tes draps dont tu ne sors que pour pisser et remplir ton verre d'eau, toi qui la veille étais si beau.

Après quelques semaines à essayer divers modèles, tu as finalement acheté un des chapeaux melons que tu convoitais chez Henri Henri, et même si en sortant de la boutique tu étais content de ton achat, seul face à ton miroir tu as admis qu'il te serait difficile de garder ton naturel en portant ce couvre-chef, que les autres y verraient le signe de ta vanité et concluraient que si tu es à ce point intransigeant dans tes jugements, c'est parce que tu regardes de haut les gens, de sorte que ce chapeau tant convoité te pourrit la vie et que tu ne l'enfiles que chez toi, dans l'attente qu'il soit assez usé pour être porté nonchalamment.

Quand tu en as assez des artifices et des bêtises qu'on essaie de te faire avaler à grandes cuillerées du matin jusqu'au soir, quand tu n'en peux plus de l'agitation qui t'entoure, tu prends ton sac à dos et tu pars observer les oiseaux dans les Laurentides, et leur chant te fait oublier le bruit de fond de ton existence, tu entrevois dans le langage secret des mésanges à tête brune les vestiges d'une évidence inaccessible aux humains, cette façon de se construire un nid à l'abri du tumulte et d'où l'on peut s'abandonner au rythme indolent des choses en sifflotant fouit-a-di-di, fouit-a-di-di.

Vous vous étiez donné rendez-vous dans un café dans le but de mettre fin proprement à votre histoire, mais vous êtes passés, d'abord sans le vouloir puis de plein gré, du bavardage empreint de sollicitude au jeu des allusions, puis tu as accepté son invitation à souper en anticipant le plaisir de plonger à nouveau ton visage dans ses cheveux et de la lire des mains comme un aveugle, mais en chemin elle s'est assombrie en se remémorant ton détachement, ta façon de répondre à ses appels quand ça te plaît, et après t'avoir dit de ne plus insister pour la revoir, elle a sauté dans un taxi comme dans un film, sans se retourner.

Tu devais avoir dix ans quand tu as tué la chauve-souris qui dormait dans un racoin du cabanon chez ta gardienne avec le fusil à plomb de son fils, tu te rappelles encore ton excitation en pointant l'arme sur elle, le soubresaut de son corps lorsque tu as appuyé sur la détente, le moment où tu l'as déplacée sur le sol avec la pointe du fusil et que tu as aperçu sa fourrure trouée, ses petites ailes noires traversées de veinures, tes frissons quand tu as lancé un vieux chiffon sale par-dessus l'animal avant de fermer la porte en te promettant de ne plus jamais retourner dans cet endroit.

Moins de vingt-quatre heures après ta naissance, alors que ta mère n'avait pas encore obtenu son congé de l'hôpital et que tu poussais tes premiers cris d'indignation, une femme désespérée est entrée dans l'aile d'obstétrique déguisée en infirmière pour te kidnapper, et lorsque le personnel s'est rendu compte que tu avais disparu, on a averti le service de police, qui a aussitôt lancé l'alerte AMBER, ce qui a créé un émoi sans précédent sur les réseaux sociaux et dans toute la province, de sorte qu'on t'a retrouvé grâce à la vigilance des citoyens seulement quelques heures après l'enlèvement, dans les bras de ta ravisseuse qui te regardait avec tendresse en chantant une berceuse, assise dans son salon devant la télé éteinte.

Tu as lu un article sur le web où il était question des excréments et de la façon dont ils reflètent la santé globale de l'organisme, de comment leur couleur, leur odeur et leur composition constituent des indicateurs précieux pour identifier certaines carences ou maladies, et puisque cette lecture a attiré ton attention sur la qualité médiocre de tes propres déjections, tu as commencé sur-le-champ un régime drastique à haute teneur en fibre et en bactéries probiotiques afin de parvenir à cet idéal comparé par la spécialiste Catherine Kousmine à une saucisse d'environ quatre centimètres par quinze et d'un brun mielleux, un objectif que tu ne perds pas de vue même s'il te semble hors de portée.

Chaque jour tu te rends au camp du terrain de jeu du parc Saint-André où ta mère t'a inscrit afin qu'elle puisse, t'a-t-elle expliqué, avoir un peu de temps pour elle, et chaque jour sur le chemin du retour tu te demandes, en écoutant, l'air maussade, le son de ta boîte à lunch qui traîne sur l'asphalte, ce qu'elle peut bien faire tandis que tu joues au ballon chasseur avec des garçons deux fois plus forts que toi, des monstres qui ne pleurent jamais même lorsqu'ils ont les genoux en sang, mais ce soir elle est venue te chercher et vous avez partagé un sundae au chocolat au bar laitier, et lorsqu'elle t'a laissé la cerise au marasquin tu lui as tout pardonné.

Tu laisses croire à tes parents depuis plus de trois ans que tu habites à Sherbrooke afin d'y compléter un baccalauréat en architecture, alors que tu as abandonné le programme dès la première session après un échec humiliant dans le cours de dessin, et maintenant tu vis incognito chez une amie de Montréal qui partage ton secret, à quelques minutes à peine de la maison où tu as grandi, et la crainte de croiser ton père au marché ou ta mère dans le métro à l'heure de pointe t'oblige à rester confiné dans ta chambre, comme un vampire qui attend la tombée du jour pour aller faire un tour et soupeser son avenir.

Comme tous les matins, tu as mangé un bol de gruau aux raisins secs et à la cannelle en lisant les nouvelles en diagonale, tu as fait ta toilette en t'observant sombrement dans le miroir avant de te rendre au travail en métro, puis tu as quitté ton poste plus tôt que d'habitude pour te rendre à la clinique en taxi où tu as enfilé la jaquette qu'on t'a tendue avant de mettre tes pieds dans les étriers et de répondre aux questions du docteur, jusqu'à ce qu'il te demande enfin de te détendre, d'inspirer profondément, et que quelques minutes plus tard, malgré la douleur, tu te sentes presque aussi libre que s'il ne s'était jamais rien produit.

Tu as passé tellement d'heures devant ton écran d'ordinateur à tuer des terroristes à coups de Colt M4 et de Desert Eagle qu'il t'arrive de fantasmer une guerre civile, un déchaînement barbare qui te donnerait l'occasion de briller, car tu saurais exactement quoi faire quand viendrait le temps de te tapir dans un coin pour tendre une embuscade à tes ennemis, tu aurais la patience infatigable du tireur d'élite, ton index caresserait doucement la détente de ton arme à feu, plein de la confiance du maître qui sait attendre le bon moment pour viser entre les deux épaules, ou encore mieux entre les deux yeux lorsque la situation le permet, avant d'appuyer sur la gâchette et de hurler *headshot motherfucker* !

Plus jeune, tu aurais été pétrifiée si on t'avait annoncé qu'un jour tu snifferais des lignes de coke lors de ce que tu considérerais être des occasions spéciales, les adultes t'avaient bien avertie que cette drogue était la voie royale vers l'enfer de la dépendance, sans compter les images inoubliables d'Uma Thurman dans *Pulp Fiction* qui ont cimenté tes craintes, les yeux révulsés, écumante, déjà presque sans vie et à qui on plante une longue seringue dans le cœur, et te voilà pourtant qui sens l'engourdissement langoureux de la poudre se délayant sur ta luette, tes pensées jaillissent de toutes parts comme si tu étais un feu de Bengale pour qui la vie est une brève flambée.

Il y a des matins où le soleil te regarde avec un air bizarre, dès que tu ouvres les yeux tu le sens, un rayon darde entre les rideaux et t'aveugle pour te dire de rester au lit et de ménager tes efforts parce que la journée qui commence sera hostile, tout conspirera contre la mécanique fragile de tes neurotransmetteurs, les chats miauleront avec plus d'insistance que d'habitude pour réclamer leurs croquettes, les céréales goûteront drôle, les nouvelles annonceront l'apocalypse et la secrétaire du dentiste laissera deux messages sur ton répondeur pour te rappeler ton nettoyage annuel, qui n'est plus couvert par l'assurance depuis que tu as obtenu ton doctorat et que tu cherches en vain un emploi.

Parfois tu te dis que tout serait plus simple si tu allais vivre au fond de la mer avec les crustacés, tu pourrais enfin laisser tes rêves se sédimenter comme des perles, les observer paisiblement sans te soucier d'efficacité ou de l'écoulement banal des secondes, tu pourrais succomber à l'envoûtement des courants marins sans avoir à rendre compte de tes gestes, étant partout chez toi dans le silence lénifiant de l'eau, libérée de l'obligation d'entreprendre sans cesse de nouveaux projets et de placoter à propos des mêmes platitudes, une fois pour toutes affranchie de la peur d'être accusée de fainéantise, puisque tu serais au fond de la mer, là où les lois humaines sont accueillies avec une indifférence abyssale.

La dermatologue t'a convaincu qu'il fallait que tu te fasses enlever le grain de beauté que tu avais sur la joue gauche et qui t'a suivi partout depuis l'enfance, sous prétexte que sa forme avait changé et qu'il présentait désormais des risques, peut-être parce que tu l'avais écorché à quelques reprises en te rasant, et après une chirurgie aussi brève que terrifiante, quand tu as vu la longue racine qu'on avait extirpée de ton visage, tu as su que tu ne serais plus tout à fait le même, dépossédé d'une partie de ce que tu considérais sans trop y penser comme ton charme naturel, et qui n'était en fait qu'une tumeur maligne ancrée dans ton visage pour le bouffer.

Ton père a entrepris de déplacer de quelques mètres le cabanon derrière le bungalow à l'aide d'un levier, un mécanisme énigmatique dont tu ne comprenais pas encore le fonctionnement, et quand tu l'as observé soulever à lui seul cette petite maison, tu y as vu la confirmation qu'il était l'homme le plus fort du monde et, à l'école, tu l'as vanté devant tes camarades de classe, les yeux pétillants de fierté, allant même jusqu'à laisser entendre que, s'il devait se battre, ton père pourrait empoigner son adversaire à bout de bras et le lancer dans les airs si haut qu'une fois redescendu sur Terre, ses souliers ne seraient plus à la mode.

Comme beaucoup de jeunes de ta génération, tu as découvert l'érotisme en tombant sur un épisode de *Bleu Nuit* à TQS, un soir que tes parents s'étaient couchés et que tu étais resté à zapper devant la télé en terminant un sac de chips, et ce qui t'a fasciné n'était pas tant la nudité des amants, les détails de leur anatomie, que la façon abrupte dont ils passaient d'une discussion anodine à un mode de communication plus haletant, fait de souffles plaintifs et de lamentations, leurs voix qui s'éteignaient en une série de râles aussi intrigants que ridicules, tout en te demandant si un jour toi aussi tu gémirais suavement dans l'oreille d'une femme sans rire.

Après ton accident de moto tu t'es réveillé en sueur dans un lit d'hôpital, et quand tu as voulu passer ta main sur ton visage et que tu l'as sentie passer à travers toi comme un courant d'air tu as cru que tu hallucinais, tu n'en revenais pas de la netteté des sensations qui parcouraient ton membre amputé, des picotements au bout de tes doigts qui persistaient à être là malgré l'évidence, et une fois le trauma absorbé, pour faire rire les amis qui te rendaient visite, tu t'es mis à taquiner la jeune infirmière de garde en l'avertissant de faire attention lorsqu'elle passait près de toi, sans quoi tu lui pincerais une fesse avec ton membre fantôme.

Tu as arpenté de long en large l'Amérique du Sud avec ton immense sac à dos vert et tes habits d'aventurier, et étouffé par la moiteur pendant une excursion dans la jungle amazonienne tapageuse tu as fait l'expérience gustative de ta vie quand le guide a saisi une brindille et a soulevé l'écorce d'un arbre qui pourrissait sur le sol humide où se cachait un nid de larves grouillantes et blanches, et lorsqu'il en a attrapé une entre son index et son pouce et qu'il l'a déposée sur sa langue avec une délectation cérémoniale, tu as décidé de l'imiter en fermant les yeux et cela goûtait le bonbon au beurre, mais en plus fondant et délicat.

Tu mets tes *skinny jeans* et ton hoodie noir, une tuque, un foulard, des gants, ensuite tu ranges dans ton sac à dos tes lunettes de ski, une bouteille d'eau, ton appareil photo, et tu te rends au point de rencontre, sauf que cette fois c'est différent parce que tu n'es pas ici pour marcher avec tes amis du cégep, mais pour te joindre aux casseurs qu'auparavant tu as observés à distance, fasciné et terrifié à la fois, et quand tu t'empares d'une roche à tes pieds et que tu la lances dans la vitrine de la banque, ton cœur bat si vite, l'adrénaline est si bonne que tu te demandes encore pourquoi tu n'as pas osé plus tôt.

Tu aimes attendre que la nuit tombe, patiente comme un reptile, bien assise dans ta chaise berçante et enveloppée de ton vieux châle défraîchi, et quand l'obscurité s'avance tu te lèves sans bruit pour allumer quelques chandelles, tâtonnante, tes pantoufles quittant à peine le sol, puis tu te rassois et tes yeux suivent sans se lasser les ombres qui s'agitent sur le mur, et tu aimes dans ces moments approcher ta main d'une flamme, sentir sa chaleur contre ta paume et observer la transparence de tes doigts, la luminescence de tes ongles rougis par le feu te laissant entrevoir la vie qui vit même quand toi tu ne vis pas.

C'est une source d'étonnement sans cesse renouvelé que tu n'aies jamais eu à consulter un psychologue, et si tu n'en parles pas, tu sais que le fonctionnement de ton esprit repose sur un équilibre précaire fait de survoltages et de chutes de tension, tu es un funambule amateur qui vacille, seul sur ton fil trop tendu ou trop mou, seul sous le puits de lumière de ton cirque mental, ceci sans considérer les crises psychotiques que tu as appris à soigner avec de l'alcool, des drogues et des somnifères de moins en moins efficaces, dans la solitude de ce grand un et demi que tu loues pour trois fois rien et où tu pries sans trop y croire pour parvenir à faire le vide.

D'habitude tu n'aimes pas trop lorsque tu te trouves sur le point de croiser un passant et que vous tentez de vous éviter en bifurquant à gauche, à droite puis à gauche dans un synchronisme parfait, avant que l'un d'entre vous s'arrête enfin pour laisser passer l'autre, mais ce qui t'est arrivé aujourd'hui avec cette belle femme dans le Vieux-Montréal, ce sommet inégalé de malaise d'au moins huit tentatives de changement de direction simultané, auxquelles a mis fin un fou rire partagé suivi de brèves salutations, un épisode comme celui-là te plaît au-delà du dicible même s'il te trouble en semant dans ta tête l'impression d'un rendez-vous manqué, le regret d'être trop timide pour amorcer une discussion quand le hasard t'en donne l'occasion.

Les jeunes qui se promènent en gougounes en traînant les pieds où qu'ils aillent te donnent des boutons, d'autant plus que personne autour de toi ne semble remarquer le bruit de succion de jus de pieds que font leurs semelles à chacun de leurs pas, et tu détestes sans bon sens les chandails fluo qui moulent leurs muscles dont ils paraissent si fiers, la taille ridicule de leurs pectoraux en balounes et la blancheur perverse de leurs sourires sans fin, et cette engeance incarne à tes yeux le vide sidéral de l'humain qui n'a jamais fait face à l'angoisse de vivre et qui ne sait que célébrer avec entrain sa déréliction.

La maladie fait ressortir ce qu'il y a de meilleur en toi, alors que la santé s'accompagne presque toujours d'une forme d'arrogance et même de mépris pour ce qui t'entoure, comme si ta bonne santé t'était due et que chacun avait ce qu'il mérite, et au contraire quand une indisposition te frappe tu te soucies davantage du monde, tu penses à ceux qui n'ont pas ta chance et qui sont alités en permanence, ceux dont les plaies suintent et qui ne se lèveront plus, et quand tu atteins le fond, affaibli par des streptocoques ou une gastroentérite, tu ne manques jamais de t'engager devant l'infini à mener une vie meilleure, tu promets d'être reconnaissant et tu verses des larmes en espérant émouvoir le sort.

Un des signes que les temps ont changé, à ton avis, se manifeste dans l'évolution des modules de jeux des parcs publics, ceux d'aujourd'hui étant si sécuritaires et débilitants qu'ils ne favorisent ni la rêverie ni le risque, encourageant les enfants à fuir la vie pour se réfugier dans les simulacres, alors qu'au contraire ceux de ta jeunesse étaient excitants et dangereux, bourrés de tétanos et de coins tranchants sur lesquels se fendre la tête en riant, de glissades infernales et de pneus attachés à des chaînes qui évoquaient des instruments de torture, et c'est à tes genoux ensanglantés et à ces maladies bizarres attrapées dans le bac à sable que tu penses quand tu songes à la beauté de l'enfance.

La nuit dernière tu as rêvé que tu rencontrais dans un bar un ami perdu de vue il y a une éternité, et de fil en aiguille tu en es venu à lui demander des nouvelles d'un ami commun, remarquant avec hypocrisie qu'il était ridicule de ne pas se donner signe de vie pendant tant de temps, vous qui aviez une si belle complicité, après quoi ton compagnon t'a regardé intensément, a éclaté en sanglots puis t'a révélé que l'ami en question n'allait pas très bien depuis qu'il s'était suicidé, et à ton réveil tu as fait une recherche sur internet pour constater que ton mort était bien en vie et qu'il était même l'heureux père d'une petite fille.

Lorsque tu t'allonges sur le divan du salon, un angle te permet d'apercevoir sur la vitre de la porte le reflet de ton copain qui travaille à l'ordinateur, et tu gardais ce secret pour toi car tu aimes l'observer quand il se croit seul, qu'il lisse les poils de son menton avec son pouce et son index ou qu'il replace indifféremment son sexe dans ses sous-vêtements, mais l'autre jour tu as été prise à ton propre jeu alors que tu l'as surpris à porter vers sa bouche une grosse crotte de nez qu'il avait délogée de sa narine et tu l'as interrompu en poussant le cri strident de la princesse qui découvre qu'elle a épousé un crapaud.

Tu as été initié aux champignons magiques à l'âge de seize ans, lorsqu'un soir de canicule, tes amis et toi, vous vous êtes enfoncés dans le bois où vous avez fait un feu avant de séparer les branches bleuies de moisissure et les têtes gorgées de psilocybine, rations que vous avez mastiquées, stoïques, malgré le goût écœurant, puis vous avez attendu que l'effet se fasse sentir en observant en silence l'ondulation des flammes, jusqu'à ce que leur chaleur s'immisce sous votre peau et que la mydriase leur donne une intensité fabuleuse, ce qui vous a soulevés de terre et vous a mis hors de vous, possédés, et vous avez caressé les fougères du bout des doigts en vous émouvant d'être vivants.

Jusqu'à récemment tu faisais partie des gens qui observent sans se mouiller les graffitis d'une obscénité souvent médiocre sur les murs des toilettes, puis tu as décidé de franchir la ligne qui te séparait des vandales pour rehausser le niveau général, et plein d'enthousiasme tu t'es muni de marqueurs, d'un Exacto et de grands cartons avec lesquels tu as fabriqué des pochoirs inspirés de planches érotiques tirées d'ouvrages libertins du XVIIIe siècle où s'entremêlent femmes extatiques aux jambes ouvertes et vits énormes sur le point d'exploser, pochoirs que tu as consciencieusement rangés dans ton sac à dos avec de la peinture en aérosol afin de les utiliser chaque fois que l'occasion se présente dans les établissements publics.

Hier soir tu t'es assoupi à la table d'une terrasse après avoir bu comme tu en as l'habitude une demi-douzaine de pintes, seul avec ta voix intérieure, tellement plus limpide que les mots que tu balbuties si on t'adresse la parole, et quand la barmaid t'a réveillé en te secouant, tu as compris que tu avais été la risée d'une bande de jeunes qui avaient sans doute volé tes lunettes puisque tu ne les as pas retrouvées, et en les cherchant à tâtons tu as été piqué au vif par les rires de ces diables flous, sans remords devant ta misère et indifférents au fait qu'il te faudrait vivre mille privations pour t'en procurer une autre paire.

Quand un ami à qui tu as fait un coup bas te dit qu'il te déteste et ne veut plus te voir, tu comprends qu'il ne te déteste pas vraiment et qu'il prononce ces mots pour la blessure qu'ils ouvrent en toi, leur force de frappe et le plaisir de la vengeance, et si tu préfères te tenir à l'écart le temps qu'il lui faut pour se calmer, tu sais aussi rassembler la force d'apaiser la violence de ses paroles pour lui faire sentir que, malgré les petites trahisons dont tu t'es montré capable, tu as compris le sens de ses insultes et demeures son ami, sensible aux signaux qu'on lui envoie et capable d'apprécier les contradictions d'un cœur blessé.

Tu as parfois des réminiscences malaisées de cet été délirant où tu t'étais mis en tête d'imiter Denis la Menace et au cours duquel tu as lancé des œufs sur les toits des bungalows de ton quartier, mis du dentifrice sous les poignées des voitures de tes voisins et du savon à lessive dans leur piscine, et tu ne comprends toujours pas comment tu as pu teindre le caniche de ta gardienne en vert, ni ce qui a pu te convaincre qu'il serait hilarant de déféquer dans un sac en papier brun pour le déposer sur le perron du vieux grincheux d'en face avant d'y mettre le feu, d'appuyer sur la sonnette et de prendre tes jambes à ton cou.

Depuis que la barbe est revenue à la mode, tu sens tout le ridicule de la fine moustache que tu ne parviens à faire pousser qu'au prix d'une attente longue et humiliante, au cours de laquelle ton duvet acquiert une consistance à la limite de l'acceptable qui te donne des airs de Zorro, voire de Roméo si l'œil qui te scrute est généreux, mais jamais cette virilité que tu aimerais tant afficher et qui t'est interdite, ce qui t'oblige à te raser avec dépit, en espérant que les femmes te perçoivent comme un cowboy solitaire imperméable aux effets de mode, ceci expliquant que tu as en tout temps les joues douces comme des pêches et le regard porté vers le lointain.

Tu as rendu visite à une amie du secondaire que tu n'avais pas vue depuis qu'elle s'est mariée avec son *sugar daddy* l'année dernière, un professeur de cégep en préretraite qui l'a charmée avec ses envolées sur l'épicurisme avant de l'engrosser trois mois plus tard, et quand tu as pris le poupon dans tes bras, juste après son biberon, un frisson t'a parcourue sans que tu sois capable d'identifier la source de ton inconfort, et de retour chez toi tu as compris que le bébé avait le visage d'un vieillard, déjà ridé par les soucis et le regard éteint, comme si le sperme d'un sexagénaire transmettait sa fatigue à sa progéniture, à moins que ce ne soit la faute de la philosophie.

Lors de tes discussions avec ton amoureuse, il t'arrive si souvent de mélanger des dates, des noms d'acteurs ou de personnages historiques que tu as pris l'habitude d'admettre d'emblée qu'elle a raison quand elle te contredit, même lorsqu'une part de toi soupçonne qu'à propos d'un point précis, c'est elle qui se trompe, car tu sais que c'est toujours au moment où tu es le plus sûr de toi que tu es dans le champ et que ta mémoire ne fait pas le poids face à l'exactitude de la sienne, et si par hasard elle concède que tu as vu juste, tu n'arrives pas à te débarrasser de l'impression que, d'une certaine façon, c'est encore toi qui es dans l'erreur.

Tu mènes un combat de tous les instants contre ces petits gestes que la plupart des gens font sans en être conscients et qui trahissent une force primitive presque irrésistible, parce que tu considères humiliant d'avoir à te ronger les ongles en louangeant le dernier film de Terrence Malick, parce que tu trouves vulgaire de te gratter le dos avec une frénésie vaguement canine alors qu'on te questionne sur ta conversion récente au végétarisme, et surtout, parce que tu n'en peux plus de te rendre compte toujours une seconde trop tard que tu t'es encore passé la main dans la chevelure, lors d'une réunion qui te rend nerveux, comme tu as vu mille fois des acteurs le faire dans les films.

Normalement tout est calculé dans les moindres détails, les invités-surprises, les rappels et surtout les moments hauts en couleur, comme on dit dans les journaux le lendemain, mais cette fois sur la Place des festivals l'artiste qui regardait la marée humaine groover devant lui a figé sur scène, il a secoué la tête puis s'est mis à rire éperdument, juste avant d'éclater en sanglots et de confier au public son visage strié de larmes sur les écrans géants, pendant que les applaudissements gagnaient en intensité, puis après une minute lente et savoureuse où le concert s'est suspendu, il est parvenu à se ressaisir pour entonner une dernière chanson, le sourire fendu jusqu'aux oreilles.

Malgré son absence, ton ami qui s'est exilé avec sa blonde en Europe centrale occupe encore dans ton esprit une place importante, et tu aimes l'imaginer, énergisé par le dépaysement, déambuler dans les rues de Wrocław, tu te demandes souvent ce qu'il penserait de tel dilemme auquel tu te frottes, ce qu'il dirait pour te remonter le moral après une de tes déceptions amoureuses, comme si sa nouvelle vie lui conférait une forme d'autorité sur toi et que sa souplesse, son courage, son goût de l'aventure comblaient les lacunes de ton esprit sédentaire, si inquiet dans sa lutte contre la sclérose qui le menace, et pour ce rôle qu'il tient tu le remercies d'être ton ami dans la distance.

Tu projettes de grimper dans le pylône planté au milieu du champ derrière ta maison pour empoigner un fil et te griller les circuits, tu peux entendre le crépitement de l'électricité qui piaffe d'impatience lorsque tu regardes la télé, l'après-midi, évaché dans ton La-Z-Boy de retraité juste en dessous de la fenêtre ouverte, tu écoutes son bruissement et tu sens presque le courant te chatouiller les orteils avant de foudroyer ton cœur, tu le goûtes qui te fait cuire les dents en te tirant les cheveux et qui te donne une interminable poignée de main, comme un oncle orgueilleux, puis tu parcours le salon du regard et tu penses au sac de l'aspirateur que tu n'as toujours pas changé.

Il aura fallu que tu perdes ta gourde lors d'une excursion en montagne pour que tu entrevoies jusqu'où peut conduire la déshydratation véritable, qui rend fou et fait halluciner, et si tu étais encore loin de connaître cette détresse, tu as eu assez peur pour garder précieusement en réserve une pomme verte que tu as mangée alors que tu avais encore six heures de marche devant toi, et tu as suçoté le jus du trognon jusqu'à ce qu'il n'en reste qu'un squelette desséché, et cela a été pour toi une leçon sur la valeur que peut acquérir au moment opportun le plus insignifiant des fruits, une pomme comme tu en manges tous les jours.

On t'a aménagé une chambre dans le sous-sol à l'âge de huit ans afin que tu cèdes la tienne à ton jeune frère, et si les premières semaines ont été éprouvantes dans les entrailles humides de la terre où tu faisais des cauchemars, tu as pris goût à la liberté que te procurait cet isolement, et puis une nuit tu t'es hissée sur la pointe des pieds et tu es sortie par ta fenêtre en te contorsionnant, précautionneuse comme une voleuse, et tu as longtemps observé, fascinée, pieds nus dans l'herbe mouillée, la maison dans laquelle tu aurais dû dormir, jusqu'à ce que la lumière de la salle de bain s'allume et que tu t'accroupisses derrière la piscine pour ne pas être vue.

Tu ne sais pas comment cela s'est produit, mais malgré ton agacement quand tes oncles, qui se font vieux et grincheux, parlent de leur jeunesse idyllique où tout était mieux, tu n'arrives pas à te mettre au diapason de ton époque ni à comprendre ses goûts, ce dont témoignent ta passion pour la musique introspective de Bill Evans et ta lecture obsessionnelle de Dostoïevski, dont la profondeur trouble est inimaginable aujourd'hui, et bien que tu ne doives pas y penser une seconde, puisque c'est comme ça et que tu n'y peux rien, il t'arrive de regretter de connaître si peu de gens avec qui partager ton enthousiasme, car tu voudrais que ces trésors fassent la joie de tous.

À un certain moment dans ta carrière il t'a fallu admettre que ton apparence, et plus spécifiquement ton uniforme, constituait pour tes collègues comme pour les clients le gage de ton professionnalisme, de sorte que tu as dû abandonner les vêtements amples et confortables que tu aimes pour les remplacer par des tailleurs mortifères et des bas collants qui, s'ils te font une belle jambe, te donnent aussi l'impression d'être une madame trop coincée pour qu'on l'invite à sortir, une femme d'affaires qui ne pense à l'amour que le soir lorsqu'elle grignote des crudités devant sa télé, seule dans sa vieille robe de chambre, et si l'on vante ton élégance, il te faut tout ton petit change pour ne pas hurler.

Tu as joué si souvent à Donjons et Dragons quand tu étais plus jeune que tu ne peux t'empêcher encore aujourd'hui de considérer l'existence comme un personnage qui doit se montrer assez intéressant pour qu'on ait envie de l'incarner, de jouer chacun de ses gestes et de faire de son histoire un feu roulant qui ne comporte aucun temps mort, et tu as tendance à te raconter chacun des événements de ton quotidien comme s'il s'agissait d'une aventure porteuse d'occasions de briller par ton héroïsme, de sorte que les gens autour de toi trouvent que tu exagères et chuchotent dans ton dos que tu es empreint d'idées grandioses grappillées dans des livres qui t'ont desséché le cerveau.

Tu discutais au téléphone avec ton employeur, puis tu as fermé la porte-fenêtre sans te retourner et tu as entendu un bruit que la porte ne fait pas normalement, et quand tu as raccroché tu es revenu au salon pour trouver le chaton adopté avec ta blonde une semaine plus tôt le cou rompu par l'impact et toujours aussi blanc et frêle, et dans ta panique tu l'as mis dans un sac à ordures en cherchant une histoire de fugue à raconter lorsque ta blonde reviendrait, mais le temps venu tu as tout avoué parce que tu voulais pleurer avec elle la mort de votre bébé.

À première vue on croira que toi aussi tu cèdes à la mode rétro et que tes nouveaux verres à Martini trahissent ton esprit grégaire, ton envie d'afficher que tu as du goût et que tu n'es plus ce jeune con qui boit du Jack Daniels au goulot, réfrénant tant bien que mal ses frissons pour projeter l'image du mâle alpha qui se délecte de tord-boyaux, mais un regard avisé ne manquera pas de remarquer qu'en fait tu aimes les Martinis parce qu'ils présentent un moyen de boire de grandes quantités d'alcool tout en faisant bonne figure, de t'enivrer en maintenant intacte l'illusion que tu as la prestance d'un agent double qui ne s'en laisse pas imposer.

L'amour évolue de façon parfois imprévisible, pensestu en perçant un à un, avec un plaisir plein de tendresse, les boutons d'acné qui recouvrent le dos de ton chum étendu sur votre lit, alors qu'au début tu éprouvais du mal à te dénuder devant lui dans la lumière du jour et que tu prenais un soin maniaque à faire comme si tu n'avais aucune fonction corporelle, allant jusqu'à te retenir d'aller aux toilettes en sa présence et te lavant trois fois par jour afin d'être toujours fraîche, et en écoutant ses grognements satisfaits lorsque tu prends soin de son corps, tu reconnais l'amour dont tu as besoin, plein de sollicitude pour cet être fragile qui est le cœur de ta vie.

L'an dernier, alors que les médias relayaient en boucle les mêmes infos à propos du meurtre sordide d'un politicien par son amant, un culturiste glabre connu pour ses apparitions dans des vidéos pornos amateurs, tu t'es intéressé à cette histoire et à ses ramifications sans te douter que tu perdrais ton innocence en visionnant, sur un site de *snuff movies,* un film qui montrait le psychopathe en train de dépecer, sur fond de musique country, le cadavre de sa victime sur une table d'opération chromée, la scène étant si réelle qu'elle s'est imprimée sur ta rétine et t'a laissé moralement brisé devant la facilité avec laquelle ces choses-là arrivent.

En revenant de l'école tu as décidé de vérifier si on pouvait vraiment se teindre les cheveux en bleu avec du Kool-Aid incorporé à du revitalisant, et après avoir laissé agir la solution une trentaine de minutes au cours desquelles ton cuir chevelu a expérimenté un crescendo sensitif allant du picotement à la démangeaison insoutenable, tu as été terrifiée par l'efficacité de ce truc dont les filles de ta classe avaient parlé, car en voyant dans le miroir l'éclat de ta chevelure azurée, tu as eu le pressentiment que les choses tourneraient mal, ce qu'a confirmé ta mère à son arrivée lorsqu'elle a pété sa coche en criant si fort que tout le quartier l'a entendue te traiter de petite salope.

Hier en faisant la file devant une toilette chimique dans un concert rock, l'époque où tes amis et toi aviez pris l'habitude de faire caca dans le bois t'es revenue, tu t'es vu accroupi dans un bosquet pour ne pas avoir à marcher jusque chez toi, en train de t'essuyer avec de grosses feuilles duveteuses, tes fesses irritées te faisaient souffrir quand tu jouais à la cachette, et en t'attardant à l'expression horrifiée des gens qui sortaient de la toilette bleue, tu as compris que c'était le bon vieux temps et que tu n'oserais plus faire caca dans le bois, puisque la décence voulait maintenant que tu pisses en humant la merde des autres.

Il y a exactement quatre ans, les télédiffuseurs canadiens ont cessé d'émettre des signaux analogiques, et la semaine suivante, tu as erré dans les rues de Montréal en savourant pleinement une impression de fin de siècle survenue dix ans trop tard, tu as marché dans la décadence des trottoirs jonchés de téléviseurs dont certains dataient des années 1970, encastrés dans des meubles en faux bois si typique de cette époque, sur lesquels on disposait les portraits de famille, et cet événement a constitué dans ton imaginaire un point de non-retour, le moment à partir duquel l'ère de la télévision a pris fin pour céder la place au numérique, amorçant la lente migration des populations du salon vers l'ailleurs d'internet.

L'autre jour un cousin que tu n'avais pas vu depuis des années était de passage en ville pour assister à un congrès, tu l'as invité à souper, et peu après qu'il a enlevé son manteau vous êtes passés au salon, puis quand tu as débouché une bouteille de rouge il a dit sans méchanceté qu'il aimait que tu aies tant de plantes et que cela lui rappelait ta personnalité, ce qui t'a fait remarquer par la suite que votre conversation l'absorbait et qu'il semblait même carrément t'analyser, par exemple quand tu as insisté pour lui resservir du dessert et qu'il a froncé les sourcils en acquiesçant d'un air narquois.

Tu ne sais pas quand cela t'est arrivé, mais tu ne peux plus nier que les soldes t'excitent, si bien que tu as développé une routine hebdomadaire, d'abord semiconsciente puis pleinement assumée, au cours de laquelle tu arpentes les allées des différentes épiceries et pharmacies de ton quartier afin de dénicher les rabais qui te font économiser des sommes folles, même si tu sais que ta quête a quelque chose de pitoyable, car ton rapport à ce que tu manges n'est plus guidé par tes envies ou ton régime, mais par la nécessité des commerçants d'écouler leur stock de beurre d'arachide, de yaourt et de barres tendres.

Tu constates que certains événements jugés heureux quand tu les as vécus deviennent presque indiscernables une fois passés dans le tamis du temps, alors qu'au contraire des moments auxquels tu n'as jamais réfléchi occupent une place cruciale dans ton esprit, ainsi des gens que tu as cru aimer ne sont plus que d'embarrassantes bribes d'un passé que tu voudrais noyer comme une portée de chats, tandis que tu remontes régulièrement dans ton imaginaire, pour te réconforter quand tu doutes de la consistance de ton identité, jusqu'au jour où ton grand frère t'as appris à siffler.

Tu n'avais jamais accordé d'importance, avant de vivre avec ton chum, à cette habitude qu'ont les hommes de se gratter le torse et les fesses en grognant lorsqu'ils se lèvent le matin, à la pulsion qui les habite de sentir le bout de leurs doigts avec une mine à la fois surprise et rêveuse, mais depuis que tu détiens la preuve que ces gestes rituels ne sont pas exclusifs à ton père et qu'ils constituent un répertoire de réflexes impérieux que d'autres connaissent très bien, tu ne peux t'empêcher de penser que ce primate qu'on aperçoit par éclairs derrière le visage de l'homme et qui s'épanouit sans complexe lorsqu'il est encouragé par la langueur du sommeil est un argument de taille à présenter aux créationnistes.

Quand tu as appris que ton grand-père avait été un alcoolique notoire du village, ce dont tu ne t'étais pas rendu compte de son vivant à cause de ton jeune âge, tu t'es rappelé sa démarche incertaine, et tu as su pourquoi tu n'avais jamais vu ton père saoul, lui qui n'accompagne ses repas que d'un seul bon verre de vin, et d'où venait ta propension à boire au-delà des limites, sans toutefois sombrer dans des excès qui pourraient nuire à ta vie professionnelle et au bonheur de ta famille, comme si tu représentais le fruit d'une étrange évolution, le croisement de deux extrêmes qui ont fait de toi un jouisseur capable de modération lorsque la situation le demande.

Tu aimes encore écouter de la musique même si tu y consacres beaucoup moins de temps que dans ta jeunesse, alors qu'il s'agissait de ton plaisir le plus vorace, et tu t'aperçois avec accablement que tes goûts se sont sclérosés, que ton cerveau n'a plus sa souplesse d'autrefois et que les nouvelles sonorités dont il se délectait ne provoquent plus en lui que de l'ennui ou une vague irritation, alors que les mélodies des chansons écoutées mille fois le réconfortent avec l'efficacité d'une berceuse chantée par une femme aimante, dans la lumière dorée de cette chambre mentale où tu te retires chaque fois que tu veux ignorer la marche du monde.

Lorsque vous étiez petits, ta sœur et toi, vous aimiez regarder les lutteurs de la WWF à la télé, leurs longs cheveux gras et leurs muscles huileux sous leurs costumes fluo ultramoulants, et vous vous amusiez à créer vos propres chorégraphies sur le tapis du salon en imitant celles que vous aviez vues, des combats endiablés où tu la soulevais à bout de bras pour faire semblant de lui briser le dos et où elle te serrait le cou entre ses cuisses pour te propulser au sol, puis un été votre père a bricolé un ring derrière la maison afin d'accueillir le seul et unique gala de lutte que vous ayez organisé, un succès dont on parle encore dans le quartier.

Tu avais déjà lu dans de mauvais romans que la peur avait une odeur reconnaissable entre toutes et tu y voyais un cliché paresseux pour décrire la frayeur d'un personnage, un peu comme lorsqu'on écrit que ses cheveux se sont dressés sur sa tête, mais tu viens de passer à un poil de te faire écraser par un camion que tu n'avais pas vu dans le rétroviseur de ton vélo en passant sous un viaduc, et te voilà qui trembles et qui pantelles, trempé, incapable d'expliquer l'incident aux passants charitables qui se sont arrêtés, et en reprenant peu à peu tes esprits tu flaires sur toi, pour la première fois, l'odeur de l'animal qui a cru mourir.

On ne parle plus tellement des pluies acides, parce qu'il y a des problèmes plus urgents ou parce que les gens s'en sont lassés et préfèrent des catastrophes plus tangibles dans leur imminence, plus spectaculaires, mais toi tu y penses quand tu vas jogger et qu'il se met à pleuvoir, tu sors la langue en haletant et tu sais bien que la pluie ne goûte pas comme celle de ton enfance, qu'elle a plutôt la saveur sèche et métallique d'un médicament administré de force, et l'âpreté du ciel t'aide à comprendre qu'une des causes les plus insidieuses de ton indifférence à la pollution est son abstraction, sa dissolution dans l'air que tu respires sans même y penser.

Globalement tu te considères comme un bon citoyen, un peu effacé sans doute, mais respectueux de l'intimité des autres, et tu as eu beaucoup de mal à trouver le courage d'aller sonner chez ton voisin d'en face pour lui demander de ramasser les crottes que son labrador lâche sur ton terrain depuis le début de l'été, tu as d'ailleurs surpris ton garçon de quatre ans en train de jouer avec l'une d'elles, et lorsque la semaine suivante tu as constaté que le problème persistait, tu es entré dans une colère d'une intensité venue tu ne sais d'où, et soulevé par une violence joyeuse tu as eu l'audace de pelleter les cadeaux de Brando dans la piscine de son maître.

Un ami t'a initié au rituel du thé, et si tes papilles de fumeur ne t'ont pas permis de goûter toute la fraîcheur du thé vert japonais infusé dans le Senchado ni ses prétendues notes d'algue séchée et de légume vert que tu n'arrives pas à discerner, tu estimes avoir compris intuitivement comment le rite est lié à l'expérience du temps, comment le breuvage que tu sirotes au quotidien te permettrait d'accueillir la vie avec plus d'attention et de bienveillance, dans la lenteur spéculative de rêveries auxquelles tu t'abandonnes non sans difficulté, et parfois tu crois toucher du doigt la quiétude dont cet ami t'a parlé avec tant de verve, mais jusqu'à présent le doute persiste toujours au moins un peu.

Les nouveaux parents filment leurs enfants avec la constance méthodique de l'archiviste, mais dans ton temps c'était inusité et tu es un des rares enfants des années 1980 à avoir été filmé si souvent, ton père ayant loué dès ta naissance, une fois par année, des caméras gigantesques dont il devait contrôler manuellement la distance focale, de sorte que tu possèdes aujourd'hui un DVD recélant des détails précieux qui t'auraient échappé autrement, la voix de ta mère à trente ans, le tapis à longs poils orange dans le salon sur lequel tu as commencé à ramper, la tendresse émue de tes parents qui t'écoutent raconter, avec ton sourire de dents de lait et ton t-shirt de Batman, ta première semaine à l'école.

Vendredi soir une copine avec qui tu manges des sushis te raconte, assise en indien sur son faux tatami, qu'elle peut voir, par la commissure des rideaux de sa chambre, son jeune voisin musicien se branler assis sur son ampli de guitare, puis elle avoue avec un petit rire que la dernière fois elle n'a pas pu résister à la tentation de se masturber elle aussi pendant qu'il s'affairait et qu'il lui arrive d'être déçue lorsque la lumière est éteinte, de l'autre côté, et tu fais comme si tu l'approuvais et partageais son excitation, même si tu te sens un peu jalouse de la désinvolture avec laquelle elle dévoile ses perversions.

Il t'arrive de passer quelques jours dans la solitude de ta chambre, drapée dans la lumière bleue de ton écran d'ordinateur, et tu fais l'expérience d'un étrange langage intérieur, plus fluide dans ses nuances et surtout plus rapide que ne peut l'être la parole, puis lorsque tu retournes parmi les humains tu éprouves ce que doit ressentir l'astronaute qui vient de revenir sur Terre et qui peine à marcher, tes mots tombent comme des enclumes aussitôt qu'ils sortent de ta bouche et tu ressors exténuée de la plus banale discussion, dont il n'émerge souvent presque rien, comme si tu avais contemplé trop longuement la Terre, depuis ton petit hublot, quand tu étais en orbite là-haut.

Tu fais des efforts pour réduire ton empreinte écologique et depuis que tu as lu un article de David Suzuki à ce sujet, tu manges au moins une fois par semaine des sardines en boîtes, ce que tu parviens à faire sans trop de difficulté même si l'odeur t'écœure, tout comme la façon dont les écailles argentées se détachent quand tu les effleures, un peu comme la peinture d'une vieille voiture, ceci sans parler de ces petites colonnes vertébrales friables que tu déloges de la chair grise avec ta fourchette et que tu laisses dans un coin de ton assiette avec les bouts de nageoires, car malgré ta bonne volonté tu ne manges pas encore les os.

Tu n'aimes pas les lundis, mais tu n'aimes pas beaucoup les vendredis non plus, et même si ça te gêne, tu dois admettre que tu es un type de milieu de semaine, un gars bien installé dans ses affaires le mercredi après-midi, en train de boire une grande tasse de thé vert et dans les meilleures dispositions pour constater les avancées lentes, mais décisives, qu'il a faites dans le projet qui lui tient à cœur, alors que le vendredi il te faut interrompre ton immersion, et la fin de semaine achève immanquablement de ruiner l'état euphorique dans lequel le travail te plonge et que tu mets un temps fou à retrouver lors des jours qui suivent.

Tu quêtes toute la journée comme un damné sur les rues Sainte-Catherine et Saint-Denis, et tu rabâches que c'est pour acheter quelque chose à te mettre sous la dent même si tu sais bien qu'aux yeux des autres tu as le sourire, le regard, le poids, l'odeur et la politesse d'un junkie à qui il ne manque qu'une piastre, une toute petite pièce pour aller voir le dealer qui te vendra la roche dont tu rêves depuis que la madame du refuge t'a réveillé, cette belle pépite blanche qui t'attend quelque part dans son petit sac rose et que tu imagines avec clarté, comme si tu la fumais déjà dans la cabine des toilettes de l'université où tu as tes habitudes.

Pour quelqu'un comme toi dont l'esprit n'arrête jamais, dans le halètement des semaines, de générer selon un algorithme infatigable des raisons d'angoisser, le sport représente un exutoire, et depuis que tu as repris tes parties de soccer, le jeu du ballon et les voix de tes coéquipiers t'aident à ne pas penser, c'est ce que d'autres appellent faire le vide, et durant la partie, toi et tes camarades de jeu formez une sorte d'entité nouvelle, car durant cette symbiose improbable où vos corps se confondent dans un seul objectif, l'état planant de ta concentration te fait dire que la pensée pense pour elle-même, comme un parasite qui se propage d'une tête à l'autre sans se soucier de son hôte.

Quand tu as vu le documentaire sur la grotte Chauvet et les représentations d'animaux qu'on y trouve, peintes par les humains du paléolithique il y a plus de trente mille ans, tu as été frappé par la ressemblance entre le trait incertain de tes croquis et celui de ces ancêtres fascinés, comme toi, par les mystères de la procréation, par la violence nécessaire à la survie du groupe, par l'étonnante dextérité de la main humaine, sa capacité à tuer et à réconforter dans la même journée, et même si on dit qu'ils vivaient en dehors du temps, dans la circularité silencieuse de la préhistoire, tu aimes croire que tu serais leur descendant immédiat, échoué sur la ligne du temps.

À treize ans, après la mort de Dédé Fortin qui t'a fait tant de peine, tu as eu des pensées pour le suicide, cette liberté de mettre fin à sa vie ou de la poursuivre te taraudait, et dans ton désarroi tu as commencé à te taillader avec des lames d'Exacto, à te brûler avec des allumettes, pour vérifier à l'aide d'échantillons à quoi peut ressembler la souffrance définitive du suicidé qui se tranche les veines dans son bain, ou encore celle du moine qui s'immole pour protester, puis graduellement l'obsession s'est estompée jusqu'à devenir un souvenir honteux qui te rappelle, quand tu regardes tes avant-bras, à quel point tu ne veux pas mourir tout de suite.

Tu ne peux pas supporter que les gens aient pris l'habitude, ces dernières années, de vérifier certains détails sur leur téléphone lors de vos discussions, s'interdisant ainsi l'approximation et la démesure, deux des plaisirs les plus doux et les plus inoffensifs de l'art de la conversation, et tu dois maintenant rester sur tes gardes quant aux dates et aux statistiques que tu avances au pif, car plusieurs retirent de la fierté d'avoir à portée de la main une encyclopédie, comme si ce vaste répertoire de connaissances était un appendice qui, grâce à un contrat mensuel, assurait leur crédibilité, alors qu'au contraire leur pianotage compulsif ruine tout le charme qu'il y avait auparavant à bavarder avec eux.

Il y a trente ans, alors que tout allait bien dans ta vie de jeune père, tu as eu un grave accident de travail dont tu es ressorti avec une vertèbre en moins, et depuis ce temps les maux de dos ne t'ont laissé aucun répit, de sorte que tu ne sais plus ce que c'est que de vivre sans être abruti par la douleur qui pulse au milieu de ton tronc, sans compter cette froideur grise qui t'auréole et qui empêche les autres de rire en ta présence, ce qui fait de toi une sorte d'aide-mémoire qui leur inspire déférence et frayeur devant la force aveugle qui t'a rendu infirme et qui les guette forcément eux aussi.

Tu sors la nuit dans un de tes bars favoris, là où la lumière est tamisée et où tu peux te fondre dans la foule qui t'ignore sans effort, et tu portes un col roulé noir qui te permettra, si tu te saoules assez, de te transformer en visage sans corps, un pur esprit porté par les muscles d'un faciès qui ne t'appartient presque plus, mystérieusement blanc et rond comme l'oculus du panthéon, et tu échappes à ta lourdeur habituelle, aux regards des hommes qui t'avilissent depuis que tu as des seins et une odeur de femme, ce qui te soulage jusqu'à l'euphorie quand tu en es à ton troisième Bloody Mary et que tu croques dans un glaçon.

Il y a des jours où le monde est simplement trop lent pour toi, dépourvu de vivacité, flasque et pesant, dans les stations de métro où les gens avancent à pas de tortue sans même regarder où ils vont tandis qu'ils lisent le journal ou qu'ils tapent leurs textos, ce qui t'oblige à te faufiler comme un bolide de course à travers la foule pour en sortir au plus vite, ou encore lorsque tu converses avec quelqu'un et que tu sais ce qu'il va dire avant même qu'il n'ait terminé ses phrases, ce qui t'irrite puisque dans ta tête de maniaque, la discussion est close et tu penses depuis longtemps à autre chose.

Parmi la diversité des façons cruelles avec lesquelles la mort pourra venir te chercher, tu te demandes si c'est ton foie qui t'abandonnera après des années de fidèle service à éponger tes cuites, ou bien si tu mourras d'une embolie pulmonaire, asphyxié dans ta chaise berçante après avoir fumé une ultime cigarette, si la démence emportera ton esprit avant que ton corps ne se détraque, ou si tu assisteras plutôt, encore pleinement conscient, à ta dégénérescence, les membres soudés par l'arthrite ou désarticulés par le Parkinson, et tu deviens persuadé qu'une seule mort te sera interdite, celle qui te fait envie, la mort sans douleur de celui qui s'endort et ne se réveille plus.

Quand tu étais petit le pédiatre affirmait à chacune de tes visites que tu mesurerais plus de six pieds, et tes parents ont insisté pour que tu prennes, le matin en déjeunant, ces vitamines *Pierrafeu* presque aussi bonnes que de vrais bonbons et qui te rendraient encore plus grand que ton arrière-grand-père maternel, le seul homme de six pieds de la famille, et tu te préoccupais de ta croissance, tu prenais souvent deux ou même trois comprimés à la fois pour devenir encore plus fort que les grands le prédisaient, et malgré tous tes efforts il est devenu clair à l'âge adulte que tu étais victime de l'ironie du sort, qui t'a stoppé à un demi-pouce de ton rêve.

Le père d'un de tes amis d'enfance a fait un grave accident vasculaire cérébral, et après deux ou trois mois au cours desquels il a retrouvé bribe par bribe la mémoire de ses proches et du langage, tu as pu lui rendre visite et constater de visu le changement dont ton ami t'avait parlé avec inquiétude, car l'homme taciturne que tu avais connu dans ta jeunesse se montre désormais beaucoup plus aimable, bavard et grivois qu'il ne l'avait jamais été avec toi, comme si la mort d'une partie infime de son cerveau avait ouvert ses écluses pour libérer un flot de pensées endiguées depuis des années et qui s'expriment maintenant avec la joie insolente de celui qui est né deux fois.

Très jeune, tu as commencé à fréquenter les salons de bronzage et tu es vite devenu dépendant à la lumière bleutée des cabines, à la chaleur utérine et au ronron apaisant qui y enveloppaient ton corps nu, tu ne résistais pas à la tentation de t'y rendre trois fois par semaine, parfois plus, ignorant les mises en garde insistantes des dermatologues dans les magazines que tu feuilletais, jusqu'au jour où tu as commencé à souffrir de dépigmentation cutanée et où on s'est mis à passer des remarques quand tu avais le dos tourné, une fille de ta classe ayant même eu le cran de te dire en pleine face que tu étais bronzé comme un gratin dauphinois qu'on aurait oublié dans le four.

Chaque été, tu t'accordes quelques jours de repos pour te balader dans la forêt de bouleaux jaunes où se trouve la cabane que ton grand-père a construite lorsqu'il avait ton âge, et une des choses que tu préfères est de pisser très tôt le matin dans la rivière qui coule non loin de là, cela te permet d'accéder à ce que tu nommes le temps géologique, ce calme de la nature qui se meut depuis la nuit des temps en un mouvement d'une lenteur imperturbable qui contraste tant avec l'agitation des humains, comme si ton jet d'urine fumant dans l'eau froide ouvrait une brèche mystique et que la planète entière se réjouissait à travers toi.

Depuis que tu t'es offert cette paire de lunettes de soleil que tu convoitais depuis des mois, tu jouis sans interruption de la distance que les verres fumés installent entre toi et tes interlocuteurs en te soustrayant à leurs regards, la surface lisse et terriblement cool des verres protège la part la plus fragile de ta personne, elle renvoie aux autres leur image tout en entretenant le mystère quant à tes pensées les plus intimes, et tu deviens si accro à ce camouflage affectif qu'il t'arrive de les porter lors de tes sorties nocturnes, comme dans cette chanson de Corey Hart que tu connais par cœur, même si tu ne vois plus où tu mets les pieds.

Tu n'arrives pas à déterminer si tu es instable émotivement parce que tu te défonces depuis l'adolescence, ou si au contraire tu as utilisé toutes ces cochonneries pour stabiliser ton état mental déjà chambranlant, les extrêmes t'attirent et tu ne parviens pas à respecter cette prétendue valeur de la vie, sa fragilité qui devrait te pousser à en prendre le plus grand soin, et dans le doute tu as conclu que le mieux est de lâcher prise, car, après tout, ta sensibilité, qu'elle soit innée ou qu'elle ait été acquise lors d'une soirée d'ecstasy qui t'aurait grillé le cerveau, confère à ton quotidien une intensité dont tu ne voudrais surtout pas avoir à faire le deuil.

Tu rends visite à un copain et tandis que vous bavardez de tout et de rien, assis en tailleur sur le tapis du salon, tu renifles un fort relent de pourriture, comme si on avait oublié une tranche de jambon sous le canapé, et quand tu lui fais remarquer l'odeur étrange, il te répond qu'il ne sent rien, mais, au même moment, tu t'aperçois que la puanteur émane de tes ballerines, alors pour éviter qu'il ne te range dans la catégorie des gens malpropres, tu prétextes un coup de fatigue et tu lui dis au revoir en le tenant à distance, navrée de le laisser seul avec le doute de t'avoir déplu.

Si un rival que tu méprises et dont tu dis du mal chaque fois que tu en as l'occasion te fait un compliment ou se montre gentil à ton égard, vantant ton discernement ou encore ta générosité, tu as tendance à accorder du crédit à ses dires et à en être flatté, comme si son opinion favorable effaçait momentanément cette zone de ta mémoire où s'entassent les mauvais souvenirs que tu as de lui, ce qui prouve à quel point les flatteries sont le ciment de la société, mais aussi comment l'hypocrisie à peine voilée t'intéresse bien plus que la vérité, ce jouet pour masochiste qui ne réussit jamais qu'à te faire pleurer.

Tu fais l'expérience d'une de ces discussions emportées où ton interlocuteur et toi dérivez sans savoir où vous allez ni même vous en soucier, comme si l'intérêt de votre promenade et de votre connivence avait pour but de stimuler le jaillissement volcanique de vos pensées, les cris stridents des enfants qui jouent, le défilé sans fin des joggeurs qui vous frôlent représentent alors un bruit de fond sans importance puisque vous consacrez toute votre énergie et votre présence d'esprit à cet échange, comme si la compréhension de l'autre que vous visez exigeait une disponibilité sans compromis, une intensité si prodigieuse qu'il devenait nécessaire d'oublier tout le reste, d'où les pas incertains des amis qui dialoguent en s'absentant du monde.

Depuis que tu as développé des difficultés respiratoires qui te donnent du mal la nuit si tu te trouves dans une pièce empoussiérée, tu es devenue plus curieuse, plus sensible à la matière se désagrégeant en fines particules qui se retrouvent d'abord en suspension dans l'air, puis se déposent sur tous les objets inanimés qu'elles rencontrent, élargissant, tranquilles, les frontières d'un royaume stérile et gris, et parfois quand tu te réveilles en toussant et que tu es sur le point de manquer d'air, tu as des flashs prophétiques qui te laissent entrevoir ce monde futur où la poussière aura gagné la partie, dans dix mille ans, quand il n'y aura plus de créatures sur Terre.

Tu ne t'y étais jamais vraiment arrêté, mais depuis qu'une amie a vanté la délicatesse de tes mains aux longs doigts fins et qu'elle s'est montrée étonnée par leur blancheur satinée, tu gardes l'œil ouvert afin de trouver des hommes qui les auraient plus chétives pour lui donner tort, mais tu es obligé de convenir qu'en effet ta poigne est des plus menues, même quand on la compare à celle d'hommes beaucoup plus petits que toi, et cette révélation te contrarie et mine ta virilité, dont tu as souvent prétendu ne pas te soucier puisqu'il s'agit d'une idée rétrograde, une idée d'hommes fiers de leur musculature et de la callosité de leurs mains usées par le labeur.

Durant l’heure du lunch, au travail, tu t’occupes à des mots croisés et tu rencontres au fil des grilles dans le journal des mots qui jusque-là t’étaient inconnus, qui collent parfois bizarrement à ton histoire et qui impriment une concrétude nouvelle à ce qui auparavant ne formait que des états d’âme confus, des sensations qui t’habitaient sans que tu saches les nommer, et tu fais l’expérience de la manière dont les mots, loin de simplement décrire une réalité qui leur préexisterait, créent ce qu’ils désignent en modelant la glaise indistincte des choses pour leur donner une forme définie, par exemple lorsque tu as découvert que la pusillanimité, ce poison perfide, circulait dans tes veines.

Avant, quand tu lisais au lit avant de dormir, tu avais l’habitude de mettre les bouchons d’oreilles que tu utilises aussi dans l’avion, pour faire le vide et arriver à te plonger dans l’histoire, jusqu’à ce qu’un soir le son des battements de ton cœur t’interrompe dans ta lecture, ou plutôt le flot sourd du sang qui circulait dans tes veines, et plus tu y portais attention plus l’angoisse montait en toi, ce qui en retour augmentait ton rythme cardiaque, et tu t’es retrouvée en train d’écouter, médusée, la panique de ton corps, tu as même cru déceler un début d’arythmie dans le remous de tes tempes, une seconde avant de retirer les bouchons pour ne pas entendre les bruits de la mort.

Quand ton fils parviendra à l’âge de cinq ans et qu’il donnera des signes évidents de lucidité, tu en auras presque soixante-dix et la plupart des gens te confondront avec son grand-père, puis quand il atteindra la majorité tu seras sans doute trop vieux et malade pour trinquer à sa santé, à la vie adulte magnifique qui l'attend, et ultimement, tu le pressens, l'extravagance d'être devenu père si tard signifie aussi qu'il aura à vivre trop tôt le deuil de ta présence, sans compter que sa mère, qui entamera alors à peine la quarantaine, aura de bonnes chances de se remarier à quelqu'un de son âge, et avec le temps ton fils en viendra à te reprocher ton égoïsme.

Chacun de votre côté, vous prenez connaissance des horreurs du jour, et figée dans le silence lunaire de tes écrans tu t'imprègnes de la guerre et des meurtres, des injustices, de la folie, mais tu n'en parles pas avec ton chum, comme si un contrat tacite vous l'interdisait, comme s'il n'y avait rien à dire et que les abjections, en s'accumulant, engourdissaient vos sens, et pourtant tu éprouves le besoin urgent de verbaliser ton indignation, parce que tu te sens coupable d'avoir visionné la vidéo où un journaliste se fait décapiter par des hommes vêtus de noir, et que ta curiosité morbide fait de toi la complice de tout ce qui manigance pour que le monde tel que tu le connais s'effondre.

L'existence se montrait imprévisible il n'y a pas si longtemps encore, jamais à court de rebondissements pour te surprendre et combler ton besoin d'aventure, tandis que maintenant elle te paraît plus calme, plus ronde, un peu comme se succéderaient les pages d'un livre que tu tournerais avec lenteur pour relire certains passages, et lorsqu'il t'arrive quelque chose de nouveau, que tu visites un pays étranger ou que tu fais la connaissance de l'ami d'un ami, il te semble avoir vécu la même scène des années auparavant, et tu acceptes ces redites de la vie avec quiétude, car tu trouves apaisant de reconnaître son visage et de pouvoir en apprécier une fois encore les contours.

Il y a un charme particulier à appeler quelqu'un en pleine nuit d'une cabine téléphonique, même si le combiné dégage l'odeur d'un dentier à l'abandon sur la table de nuit d'un mourant, car il s'y trouve une ambiance, une opacité mystérieuses qui favorisent les confidences et donnent un caractère chaleureux à la conversation, le crépitement de la ligne te rappelle la magie de la communication à distance, ta chance d'avoir à cet instant précis la voix de ton ami dans le creux de l'oreille, parce que tu as égaré ton cellulaire et tes clés, et qu'à l'extérieur de la cabine le vent te répète qu'il te faudra trouver un endroit où dormir ce soir.

Tu fais des migraines terribles lorsque commencent tes règles, et quand tu les sens venir, que tes tempes se mettent à pulser et que la nausée monte, tu dois t'aliter et fermer les rideaux, car tu ne supportes plus la lumière, ton crâne va fendre comme une pierre sous l'impact d'un coup de massue, et dans les pires moments tu sombres dans un délire fiévreux où tu observes durant des heures ton poisson rouge s'agiter dans son bocal sur la commode, et ses girations dédoublent les spasmes qui déchirent ton cerveau, il est le reflet fidèle de tes pensées agonisantes, et dans ton abattement tu souhaites qu'il meure pour que tu puisses enfin te reposer un peu en le regardant flotter.

Quand tu travailles à ton bureau tu aimes avoir quelques feuilles volantes à portée de main et souvent, sans y penser, tu te mets à dessiner compulsivement des paires d'yeux, des centaines de regards cartoonesques et pourtant mélancoliques, des regards perdus sur la page comme un enfant dans un magasin sur le point de pleurer, mais encore confiant de retrouver sa mère, et une fois ta journée de travail terminée, tu te retrouves parfois devant une feuille couverte de gribouillis qui mérite que tu la ranges soigneusement dans un classeur, avec les autres feuilles que tu as noircies par le passé pour te donner des indices sur toi-même.

Tu pensais que tu échapperais à la bassesse des hommes d'un certain âge qui reluquent les filles trop jeunes pour eux, et pourtant, à l'épicerie, tu te surprends à t'attarder aux cuisses d'une brunette qui marche dans ta direction, puis quand tu te ressaisis et que vos regards se croisent, il te faut quelques secondes pour comprendre qu'il s'agit d'une bonne amie de ta fille de vingt ans, qui a passé d'innombrables après-midi à bricoler dans ton salon par le passé et qui, à ta défense, est maintenant d'une beauté que rien ne laissait présager, et en payant à la caisse tu te demandes encore avec une certaine inquiétude ce que tu peux contre de telles jambes.

Peu importe ce que tu accomplis, et même si tu comprends que tu le devrais, tu n'arrives pas à être content de toi, de sorte que les félicitations bien intentionnées de tes collègues t'attristent parfois davantage qu'elles ne te réjouissent, et si on t'accuse alors de fausse modestie ou de bouder ton plaisir, tu sais qu'on se trompe à ton sujet puisque ton problème réside plutôt dans ton incapacité à trouver des raisons convaincantes de te réjouir de tes succès, parce que ta force d'agir est le fruit d'un détachement froid qui te permet d'appréhender tes succès de l'extérieur, comme un analyste financier, ce qui en retour t'interdit la spontanéité des effusions de joie.

Tu fais le ménage du printemps et tu trouves par hasard, enfouie sous une pile de documents, une carte qu'on t'a offerte à Noël, et le souvenir qui s'y rattache reste indiscernable d'une foule d'autres moments qui s'entassent dans le bric-à-brac du passé, et tu hésites avant de la mettre au recyclage, comme si la personne qui t'en a fait don pouvait éprouver, malgré la distance, le geste ingrat que tu es sur le point de commettre et qu'elle te blâme de jeter le pli sur lequel elle a pris la peine de te laisser un mot d'amitié sincère, un mot qu'elle a mis du temps à écrire et qu'elle a fixé jusqu'à ce que l'encre sèche et qu'elle le mette dans l'enveloppe.

Parfois tu es tentée par la vie d'ermite, bien qu'en y pensant bien cela te semble prétentieux, car tu n'aspires pas à la sagesse mais à la tranquillité d'esprit, alors tu t'imagines plutôt embrasser l'existence de la taupe qui ne regarde jamais trop loin devant elle et qui se contente de creuser sa galerie en ajoutant, un jour à la fois, besogneuse, de nouvelles ramifications souterraines qui lui permettent, quand elle le souhaite, de sortir la tête à l'air libre pour humer l'atmosphère et en déduire ce qui se passe sur Terre, avant de replonger dans l'obscurité où elle avance avec l'assurance de l'animal qui connaît les limites de son royaume et n'a besoin de rien d'autre.

Samedi dernier tu as passé la matinée immergé dans un livre sur le génocide rwandais, un livre qui ne néglige aucun détail pour mettre son lecteur devant l'Horreur et qui lui plonge la tête dans un bassin glacé d'incompréhension, et si tu as pleuré sans faire de bruit en compulsant les témoignages des enfants cachés dans les marais qui ont vu leurs mères violées puis tuées par les Interahamwes, l'après-midi tu es allé jouer au Frisbee avec tes amis comme si de rien n'était, tandis que le soir, la fatigue aidant, le désespoir est revenu te demander, en subdivisant les secondes en milliers de procès de la conscience, comment tu pouvais te montrer capable d'une telle frivolité.

En sortant du concessionnaire avec ta première voiture, tu te rends dans un lave-auto automatisé comme ceux qu'utilisait ton père et qui te fascinaient tant quand tu étais petit, et une fois que la machine à rouleaux se met en branle, tu t'abandonnes au vacarme des brosses rouge et bleue qui tournent à une vitesse folle contre le pare-brise et les portières, aux bulles de savon qui se déplacent par saccades sur les vitres, et lorsque le séchoir se déclenche et que les dernières gouttelettes fuient vers les extrémités du châssis, l'évidence te frappe que c'est toi, désormais, qui prends place dans le siège du conducteur.

Le plus difficile pour toi, depuis que le médecin a confirmé ton hypocondrie, est de dominer les signes avant-coureurs et de refuser de leur accorder trop d'importance, car tu sais maintenant que le trouble bien réel qui trône au-dessus de toutes les maladies que tu t'es inventées ces dernières années s'avère aussi ce qui te menace le plus sérieusement, puisque tu as lu dans la brochure que, lorsqu'on lui donne l'occasion de s'exprimer trop librement, ce mal a parfois un pouvoir de suggestion si fort qu'il en vient à engendrer des maladies véritables, ce qui fait que ta santé dépend désormais de la négation de symptômes qui pourraient s'avérer authentiques, mais que tu dois considérer comme le fruit de ton imagination.

Tu regardes ce documentaire célèbre dans lequel une girafe galope dans la savane pour échapper à la mort qui la poursuit tandis que le sang gicle avec vigueur de l'entaille au milieu de son cou où elle a été piquée par un javelot, tu assimiles cette scène de désespoir et la fais rejouer avec émotion, car tu vois l'air de famille entre toi et l'animal effrayé, sa fin abrupte te rappelle qu'il est périlleux de paître sans regarder derrière soi, elle qui ne se doutait pas que sa mort était imminente et qui offrirait bientôt le spectacle lamentable d'une vie dilapidée sans raison, puisque personne ne s'intéresse très longtemps aux girafes.

Tu aimes les pommes comme à peu près tout le monde, mais si on te le demande, tu préfères confier que ton fruit favori est l'ananas, car tu sais que ce genre de questions s'avère surtout un moyen d'en apprendre davantage sur ta personnalité, et comme tu cherches à éviter qu'on te juge conformiste, tu décris avec insistance ta passion pour cette infrutescence à l'écorce piquante, le rituel de sa préparation et comment tu dois ensuite te retenir de ne pas trop t'en goinfrer, sans quoi tu fais des ulcères dans la bouche, et tu conclus en évoquant la façon dont ce fruit, en résistant à ceux qui veulent le croquer, mérite toute notre estime.

Plus tu avances et plus ta tête est peuplée de spectres, des spectres qui te visitent en pensée, mais d'autres aussi plus insistants qui te frôlent l'échine du revers de leurs mains osseuses, et tu n'es jamais complètement seule puisqu'une horde de juges des temps passés et à venir épient tes ruminations et tes moindres gestes, des cadavres du monde ancien qui bercent dans leurs bras décharnés les enfants du futur qui braillent parce qu'ils savent, avant même de naître, qu'ils ne mangeront jamais à leur faim ou qu'ils s'empoisonneront lentement en vivant dans une atmosphère viciée, et parfois tu n'as d'autre choix que de supplier ceux qui n'existent pas encore de te pardonner, même si tu reconnais la justesse de leurs reproches.

En vieillissant tu es devenu plus enclin à t'émerveiller devant la nature, à lui accorder ton attention, tu t'es mis à rechercher avec avidité ces moments contemplatifs, l'empreinte qu'ils te laissent et qui te fait te sentir plus vivant, comme lors de ta rencontre impromptue avec un grand héron l'été dernier, alors que ta blonde et toi remontiez en kayak la rivière Petite-Nation, à Plaisance, et que l'oiseau a attendu votre passage pour attraper, en un mouvement de bec foudroyant, le poisson dont il rêvait depuis des heures, et tu entraperçois dans ces moments de grâce le ballet mécanique de la nature, sa beauté ininterrompue qui attend patiemment ton œil pour l'intriguer.

Vous êtes arrivés à l'aéroport quatre heures avant le décollage tant vous étiez excités à l'idée de vous retrouver enfin seul à seul sur les plages du Mexique, et après avoir enregistré vos bagages, vous vous êtes dirigés aux douanes où déjà tu as flairé les problèmes à la vue du détecteur de métal, comme si tu pouvais être coupable d'un délit secret qui se révélerait au grand jour, et dans ta nervosité tu as senti la catastrophe prendre forme, puis quand la douanière t'a demandé si tu avais quelque chose à déclarer, tu t'es entendu répondre un bazooka, une blague ridicule et malvenue qui a ruiné vos vacances et que ta femme te reproche encore aujourd'hui.

Tu avais dix ans quand c'est arrivé et pourtant tu ne te souviens presque pas de la campagne référendaire de 1995, si ce n'est les innombrables pancartes à perte de vue, celles du Oui ayant marqué ton imaginaire davantage que les autres parce qu'elles étaient plus colorées, plus joyeuses, comme si elles étaient destinées à des enfants, surtout la verte avec un signe de *peace and love* qui te rappelait Michel Couillard, ton personnage préféré de *Watatatow*, et aujourd'hui quand tu repenses à ce moment historique, tu te souviens surtout du silence des adultes de ton entourage qui n'ont pas abordé la question directement avec toi par la suite, puisqu'il s'agissait d'un sujet tabou, à l'école et à la maison.

Tu ne sais pas comment tu en es arrivé là, mais depuis quelque temps tu as pris l'habitude d'aller au centre commercial, le dimanche, pour regarder les passantes jusqu'à trouver une femme qui te plaît assez pour que tu te décides à la suivre, et tu prends soin de garder tes distances, car tu ne veux pas l'effrayer, mais simplement observer sa façon de magasiner, quand elle vérifie entre ses doigts la texture d'un chemisier qu'elle est tentée d'acheter ou qu'elle boit un café glacé dont elle mordille la paille tout en poursuivant ses emplettes, et tu t'imagines que tu veilles sur elle comme un ange gardien, parce que tu sais que le monde est peuplé de prédateurs au ventre creux.

Ton chum te trompe avec une de ses collègues plus jeune et plus belle que toi, la banalité de votre histoire et sa fin en queue de poisson t'humilient sans bon sens, ce maudit pleutre te regarde dans les yeux comme si de rien n'était lorsqu'il te dit je t'aime et tu es si en colère devant sa lâcheté que tu te demandes si tu as assez de cran pour le saigner dans la cuisine ou pour engager un tueur à gages, tu caresses ces scénarios avec une ardeur démente qui te fait peur et qui t'excite, parce que tu sais qu'une part de toi se réjouirait de l'avoir puni avec l'excès de celles qu'on ne cocufie pas sans en payer le prix.

En sortant du centre sportif tu as vu un homme de ton âge assis dans une encoignure en train de déballer une seringue neuve, et sans t'arrêter tu l'as observé du coin de l'œil et ta respiration s'est accélérée jusqu'à ce que vos regards se touchent et que tu te sentes coupable de croquer dans ta pomme verte, le cœur encore survolté par ton entraînement, tandis que lui s'apprêtait à s'injecter une dose de plaisir en renversant la tête en arrière comme un saint qui regarde le ciel, et avant qu'il ne disparaisse de ton champ de vision tu as pensé qu'il était mort alors que toi, tu vivrais.

Quand vous étiez plus jeunes et que vous en aviez le temps, tes amis et toi aimiez débattre de théories du complot où chacun attisait la verve des autres en conjecturant sur les coulisses du pouvoir et sur la manipulation des masses, et s'il est tentant de tourner en ridicule la façon dont vous prétendiez percer ces mystères en fumant des joints, il n'en demeure pas moins que parfois vous n'étiez pas très loin du vrai, ce que vous sentiez intuitivement quand l'excitation vous gagnait et que vos arguments s'emboîtaient comme les pièces d'un casse-tête et que vous en arriviez à la seule conclusion possible, aussi grandiose qu'effrayante, celle de la nécessité de la révolution.

Une ancienne collègue que tu n'avais pas vue depuis deux ou trois ans t'a interpellé alors que tu sortais de l'épicerie, et tu ne l'as d'abord pas reconnue, puis tu t'es souvenu qu'à l'époque elle avait vaguement évoqué une chirurgie à venir pour corriger l'alignement de son maxillaire inférieur, ce qui t'a permis d'éviter de justesse d'avoir à demander à qui tu avais affaire, mais tu étais si stupéfait par la rondeur nouvelle de son visage, sa symétrie étrangement contrefaite, que tu n'as pas trouvé à dire le compliment que la situation exigeait, et tu t'es perdu dans un babil embarrassant sur la pluie et le beau temps et l'âge de vos enfants, hypnotisé par cette figure étrangère dont tu reconnaissais pourtant la voix.

Alors que tu soupais seul dans la lumière ennuyante de ta salle à manger, ton cellulaire a sonné, tu avalais un morceau de saumon et tu t'es étouffé comme jamais tu ne t'étais étouffé, tes voies respiratoires se sont bloquées et tu ne pouvais plus émettre le moindre son, à peine un râle lorsque tu as répondu pour demander l'aide de ton interlocuteur, et pendant quelques secondes tu as su que tu allais mourir asphyxié et que les dernières paroles que tu enregistrerais seraient celles de ton ami qui répétait bêtement allô, allô, jusqu'à ce que tu recraches ta bouchée et que tu inspires la meilleure bouffée d'air de ton existence.

Quand vous avez commencé à vous fréquenter ton mari et toi, vous buviez chaque fois que vous vous voyiez, et tu regrettes de l'admettre, mais l'homme que tu aimes, c'était cet homme saoul, infiniment plus rieur et affectueux que le professionnel un peu terne avec qui tu cohabites depuis bientôt dix ans, ce qui t'incite à trouver à tout bout de champ des raisons pour prendre un coup avec lui, dans l'espoir de ressusciter le passé, car autrement il ne semble pas s'intéresser à ton corps qu'il ne caresse que du bout des doigts, tandis que dans l'ivresse il te fait l'amour comme s'il voulait te dévorer et te rappelle, par ses grognements, l'ardeur animale de vos vingt ans.

Les imprévus peuvent surgir à chaque instant dans ta vie et détruire tout ce que tu as de plus cher, cette éventualité ne te quitte plus et tu deviens maladivement soucieux de protéger ta famille et tes proches des colériques, des chauffards et des voleurs d'enfants qui sévissent sans qu'on puisse les en empêcher, même si tu sais qu'il est impossible de prévenir les accidents qui les guettent, ces calamités dont on dirait qu'elles n'existent que pour te rappeler la fragilité de ton bonheur et ta condamnation à recevoir tôt ou tard une leçon de l'univers, qui tient mordicus à ce que tu saches que ton sort indiffère sa beauté tragique.

Cette nuit en rêve tu es mort trois fois, tu as subi chacune de tes agonies dans une sorte de stupeur impuissante alors qu'il te tuait à coups de couteau dans le ventre jusqu'à ce que la lame cogne sur ta colonne vertébrale, et chaque fois que tu mourais tu réapparaissais à un autre endroit, ce qui était encore plus horrible que d'être mort une fois pour toutes puisque tu connaissais désormais la violence scintillante du poignard qui t'était destiné, et même si tes blessures s'étaient refermées tu souffrais atrocement, la douleur endurée était si insupportable que tu as supplié ton bourreau de te couper la tête, ce qu'il a refusé en riant juste avant de te poignarder encore.

Tu avais six ans quand ton voisin Marco, de dix ans ton aîné, t'a amené dans le boisé derrière l'épicerie pour que tu choisisses une branche d'arbre, la branche idéale qu'il transformerait en baguette magique, et après avoir hésité gravement entre plusieurs trop longues ou trop croches, tu as choisi celle qu'il te fallait et tu la lui as remise, puis il a passé plusieurs soirées à l'écorcer et à l'orner de runes elfiques dans son atelier sans te laisser la voir, pour enfin te la remettre un soir lors d'une cérémonie où tu t'es agenouillé, la tête baissée, avant qu'il ne la dépose dans tes mains tendues et que tu aperçoives ton nom gravé sur le manche.

Lors du jour 1 à ton nouveau poste, tu es revenue de ton jogging matinal pour constater qu'un bris d'aqueduc t'empêchait de te doucher, puis après avoir fait appel in extremis à une amie pour utiliser sa salle de bain tu es arrivée en retard au bureau, où un nouveau collègue t'a poursuivie de ses farces plates, si bien qu'à un moment tu t'es enfermée pour pleurer dans les toilettes, et, pour couronner le tout, à la fin de la soirée, dans le bar où tu buvais un verre avec ton amoureux pour décompresser, quelqu'un a volé ton ordinateur qui se trouvait dans ton sac à tes pieds, ce qui confirme que l'univers ne voulait pas de toi ce jour-là.

Plus tu prends de l'âge et plus les girations du temps s'accélèrent, comme si le passage des saisons était programmé pour t'étourdir avant de te porter le coup fatal au moment choisi, et ainsi chaque automne tu prépares des conserves en suivant les recettes familiales, tu répètes les gestes transmis par tes parents tandis que septembre se dissout comme un calmant sur la langue de l'été, et ce sentiment de déjà-vécu te fait éprouver avec encore plus d'acuité la tristesse qui t'enveloppe, alors que tu épluches les betteraves et que leur jus trace les contours des rides de tes mains, renforçant ton impression de visionner, d'un œil engourdi et sans pouvoir l'interrompre, la projection en accéléré des meilleurs moments de ta vie.

En octobre 1994, ta maîtresse d'école a fait grand cas de l'éclipse solaire totale qui allait avoir lieu le 3 novembre, un phénomène qu'on ne peut observer que de rares fois dans une vie, et elle en a profité pour joindre l'enseignement des arts plastiques à celui des sciences naturelles en vous apprenant à fabriquer une boîte à soleil pour observer l'éclipse sans endommager votre macula, cette zone ultrasensible située au fond de l'œil, et tu as été si effrayée par les histoires d'aveuglements qu'elle ne cessait de vous raconter durant vos bricolages que tu n'as pas osé utiliser ton instrument, qui attend dans ton garde-robe que tu le sortes, le 21 août 2017, pour enfin voir le soleil disparaître.

Lorsque tu es au volant de ton tacot la nuit et que tu te trouves sur une de ces routes où il est possible de dépasser par la voie inverse, tu te laisses hypnotiser par le défilement mécanique des lignes jaunes et tu imagines qu'un chauffeur est sur le point de donner un coup de volant et de te percuter au moment où tu le croises, qu'il ne suffirait que d'un spasme ou d'un moment d'agitation pour que vous passiez de vivant à mort sans même avoir l'occasion de comprendre ce qui vous arrive, et cette pensée est si tangible que tu as parfois l'impression de pouvoir goûter la rouille qui ronge la taule déchirée dont il faudrait t'extirper.

L'autre soir en allant cherchant ta fille après l'école, tu l'as surprise en pleine partie de Kin-Ball avec d'autres élèves du service de garde, et en observant rêveusement le gros ballon rose flotter comme s'il se trouvait sur la lune, tu t'es revu au tournoi de Saint-Rédempteur, en 1995, tout excité devant le professeur qui présentait avec un enthousiasme excessif ce nouveau sport, une invention québécoise dont vous pouviez être fiers et qui deviendrait peut-être le sport national du pays à venir, puis tu as eu envie de courir vers le ballon avec les enfants pour l'empêcher de toucher le sol, mais ta fille t'a aperçu et elle s'est tout de suite jetée sur toi pour t'expliquer ce nouveau jeu.

Quand tu as commandé ton masque de *V pour Vendetta* sur eBay, tu ne savais pas encore si tu aurais le courage de l'enfiler pour te rendre à l'une des nombreuses manifestations qui ont eu lieu cette année-là, si tu aurais le courage de braver l'interdit, mais une fois le colis ouvert, quand tu as vu le sourire plein de bonhomie, les pommettes saillantes et la moustache qui découpait le masque, tu n'as pu réprimer ton enthousiasme et tu l'as immédiatement posé sur ton visage, ressentant pour la première fois l'assurance vertigineuse de celui qui abandonne son identité, lorsque la situation l'exige, pour se fondre dans la masse de ceux qui veulent changer la face du monde.

Adolescent, quand tu n'avais pas terminé les tâches domestiques qui t'incombaient pour justifier ton allocation hebdomadaire, ta mère te traitait de grand escogriffe, et pendant des années tu as cru que cette expression désignait ta manière malfaisante, presque criminelle, de contourner les règles ou de les ignorer, de les déchiqueter avec tes griffes mentales, toujours impavide devant les lois auxquelles on voulait que tu te plies, jusqu'au jour où tu as découvert qu'il s'agissait d'une insulte utilisée par le Capitaine Haddock et qui désigne un homme de grande taille qui manque de grâce dans ses mouvements, un terme que ta mère utilisait comme synonyme de grand flanc mou, une autre épithète qu'elle t'accolait pour te piquer.

Ce n'est pas que tu sois obsédé par les statistiques ni que tu croies aux infortunes dont on dit qu'elles s'abattent parfois sur un individu sans crier gare, mais tu perds chaque fois que tu joues à pile ou face, comme s'il y avait dans l'air une force invisible qui impose sa volonté à la rotation de la pièce de vingt-cinq sous au moment où elle retombe dans ta paume, et par conséquent tu pars toujours avec un désavantage lorsque tu joues au billard ou quand vient le temps de décider qui, entre ton coloc et toi, lavera la pile de vaisselle encroûtée qui s'accumule dans l'évier depuis la rentrée scolaire.

L'autre jour, en mangeant un smoked-meat chez Schwartz's comme tu as l'habitude de le faire au moins une fois par année, alors que tu mordais dans la deuxième moitié de ton sandwich, ton regard s'est posé sur les immenses pots de cornichons alignés sur le comptoir et tu t'es souvenu de la femme qui te gardait quand tu étais petite, et qui avait l'habitude de t'appeler sa petite cornichonne, un détail auquel tu n'avais pas pensé depuis des lunes et qui a déverrouillé un chapitre entier de ton enfance, cette époque où tu avais la chance de croire encore au monde merveilleux des gnomes, dont elle savait à peu près tout.

Ta blonde joue avec tes nerfs depuis qu'elle s'est initiée à la méditation, et elle prétend être sur le point de se détacher des considérations matérielles, professant qu'à la fin nous sommes appelés à tout perdre, qu'il s'agit de l'unique vérité et que le reste n'est qu'un tissu de mensonges, et tu vois dans ce discours la justification pseudo-spirituelle de sa négligence, et même d'une certaine condescendance devant l'intérêt que toi, tu accordes aux objets, à leur rangement, au soin que tu mets à les manipuler pour ne pas les abîmer, et elle éclate d'un rire expansif chaque fois qu'elle brise un verre et le laisse rejoindre le grand désordre dont on l'avait tiré.

Tu as huit ans, c'est le soir de Noël, et tu repères tout de suite, sous le beau sapin que tu as décoré la veille avec tes grands-parents, le cadeau qu'ils vont t'offrir et dont la forme laisse deviner l'album de Tintin que tu désires et qui manque à ta collection, *Le Lotus bleu,* avec sa rutilante couverture où un dragon tracé à l'encre de chine zigzague et semble sur le point de jaillir hors du livre, et lorsqu'à minuit tu peux enfin déballer ce cadeau, tu le fais avec un tel empressement que tu t'arraches l'ongle de l'index gauche, et même si tout le monde se rue sur toi, tu ne résistes pas à la tentation de tourner les premières pages.

À force de voir défiler les catastrophes à la télé tu as compris que l'homme du désert sera l'homme du futur, et le chameau, la voiture de l'avenir, tu mettrais ta main au feu que la mascarade ne durera pas, que la vie telle que tu la connais disparaîtra pour laisser place à quelque chose qui t'excite et te terrifie tout à la fois, un monde parcouru d'arthropodes voraces aux dards hypertrophiés que tu repousseras à l'aide de ton lance-flamme, et pour être prêt le moment venu tu as entrepris d'accumuler des denrées non périssables dans ta remise, en attendant de commencer à creuser cet été le bunker où tu t'abriteras le temps qu'il faudra pour que la Terre reprenne son souffle.

Cela fait maintenant presque neuf mois que tu as arrêté de fumer, le temps que grandisse en toi le fœtus d'une nouvelle santé, et malgré les effets bénéfiques de ta décision, malgré ta bonne humeur et ton regain inespéré d'énergie, tu n'arrives pas à contrôler ta nervosité quand tu te retrouves dans un party et que les gens sortent sur le balcon pour jaser et fumer nonchalamment, car l'odeur lourde et sucrée du tabac excite tes narines et rend l'air que tu respires insuffisant, trop insipide pour que tu puisses t'en contenter, alors tu te retires pour ruminer sur l'inconsistance de ton caractère et tu te sers un autre verre pour t'oublier un peu.

Peu avant la chute du mur de Berlin, le 9 novembre 1989, tu es allé au ciné-parc avec ton père pour la première fois à l'occasion de la sortie du très attendu *S.O.S. fantômes II,* mais comme tu n'avais que cinq ans, la seule image qu'il t'en reste est cet immense bonhomme en guimauve qui détruisait tous les immeubles de la ville de New York, et quand on a annoncé à la télé la fin du rideau de fer, ton père t'a expliqué que c'était aussi une histoire de revenants et que si tu cherchais bien, tu verrais à l'écran des traces d'ectoplasmes, cette glue verdâtre que sécrètent les défunts quand ils s'aventurent dans notre monde pour jouer des tours aux vivants.

Durant les pires années de ton adolescence tu as porté plusieurs couches de vêtements pour dissimuler les cernes de sueur qui apparaissaient sous tes bras dès que tu sortais de la douche, ce qui t'a mis plus d'une fois dans l'embarras, à l'école, parce que ces couches superflues de vêtements dissimulaient ta transpiration et l'augmentaient tout à la fois, créant une boucle infernale dont tu n'arrivais plus à sortir, et si une fois adulte ta sudation a diminué, tu constates avec horreur que tu sens de plus en plus des aisselles, mais aussi de la bouche et des pieds, comme si en vieillissant ton corps accumulait, par indifférence ou par lassitude, les déchets qu'il avait l'habitude d'éliminer.

Jusqu'à tout récemment tu n'avais jamais perçu la grande platitude de la beauté, sa futilité, son indécence en quelque sorte, surtout lorsqu'elle se pavane avec une fierté hautaine, car tu croyais qu'il fallait admirer ce qui est agréable à l'œil, que c'était la seule attitude possible, puis tu as admis, un peu étonné, que la plupart des gens sont en définitive assez beaux aujourd'hui, alors que la bonté et le raffinement se font beaucoup plus rares, plus discrets aussi, une évidence qui t'est apparue au moment où tu as senti que tes charmes commençaient à se faner, ton crâne dégarni et tes rides te conférant un air soucieux qui laisse deviner une profondeur mélancolique à laquelle tu aimes croire.

Il a suffi que ton filleul aiguise un crayon de couleur Crayola sous tes yeux pour que tu sois catapulté vingt ans en arrière, et que tu revives l'attrait qu'exerçaient sur toi les gros aiguise-crayons vissés dans le mur près du tableau à l'école primaire, la joie de lever ta main pour demander la permission à l'enseignante avant de t'y rendre, et surtout l'odeur du graphite lorsque tu vidais le réceptacle dans la poubelle, l'efficacité mystérieuse du système d'aiguisage, vorace comme une gueule de monstre, quelques tours de manivelle suffisant à affûter la mine, d'où le mal que tu avais à t'arrêter une fois les lames de l'engrenage en marche, tes crayons rapetissant à une vitesse qui rendait ta mère folle.

La nuit, quand tu reviens d'une soirée passée à boire comme un trou avec ta bande de chums et que tu as trop le tournis pour te coucher, tu improvises des banquets grotesques et manges tout ce qui te tombe sous la main en titubant dans la lumière clinique de ton frigo, tu engloutis sans compter les cornichons à l'aneth, les olives farcies, les tranches de jambon que tu plonges direct dans le pot de mayonnaise, le reste de sauce à spaghetti que tu lapes sur tes doigts, et si tu as encore faim tu avales l'une après l'autre des tartines au beurre d'arachide inondées de confiture, en savourant la sensation d'être sur le point de mourir asphyxié.

Lorsque tu vas te balader le long de la rivière avec ton chien, que tu lui lances un bâton pour qu'il se délie les pattes, qu'il se vautre frénétiquement dans les feuilles gorgées d'odeurs et qu'il saute joyeusement dans l'eau, son affection sans mélange t'incite à penser à la fugacité de la joie, à l'ombre que la mort projette sur toute chose et à son petit corps appelé à défaillir avant le tien, puisqu'en huit ans Chklovski est devenu un chien beaucoup plus calme et fragile qu'il ne l'était, ses pierres aux reins le font souffrir et tu sais que le jour approche où tu devras admettre que tu n'as pas l'argent pour payer l'opération dont il a besoin.

Depuis que ta blonde est partie en tournée avec sa troupe de cirque aux États-Unis, tu trouves des crayons qu'elle a mordillés entre les coussins du divan, sous le lit ou sur son bureau, et tu passes du temps à observer ses marques de dents sur le plastique et tu reconstitues mentalement son sourire, tu l'imagines après son numéro de trapèze, dans son costume argenté, en train de saluer la foule avec sa prestance d'artiste, et le chapelet de ses petites dents te plonge dans des souvenirs presque utérins tant ils te réconfortent, tandis que sans t'en apercevoir tu portes le stylo à ta bouche et le suce comme un enfant suce son pouce.

Comme la plupart des cadres que tu as eus au cours de ta longue carrière de conseillère en gestion des ressources humaines, ton supérieur immédiat perçoit sa bedaine comme l'extension de sa grandeur, un trophée que la vie lui aurait remis, et lorsqu'il te convoque de toute urgence dans son bureau pour un de ces meetings conçus pour asseoir son autorité et où il déborde de confiance, il a l'habitude d'appuyer les mains derrière ses hanches de femme enceinte, ce qui t'écœure presque autant que sa manie de lécher avec suavité les petites accumulations de salive aux commissures de ses lèvres quand il s'emporte en parlant de ces choses supposément importantes que tu n'entends pas, occupée à compter ses coups de langue.

Lors du mariage d'un de tes amis tu t'es retrouvé à table à côté d'un économiste qui travaille pour une banque réputée et qui, après quelques scotchs, t'a prédit une crise économique encore plus grave que celle de 2008, en des termes qui évoquaient clairement la fin du capitalisme tel que nous le connaissons, et s'il a concédé que ce n'était pas l'endroit idéal pour parler de ces choses-là, puisqu'il est grossier d'inquiéter de jeunes mariés le jour de leurs noces, il a fait tomber d'une chiquenaude le premier domino d'une chaîne imaginaire qui zigzaguait entre les assiettes et les verres et t'a chuchoté qu'il souhaitait t'en informer, car s'il n'y avait rien à faire, on pouvait quand même se préparer psychologiquement.

Depuis que ton cabochon de fils vit à la grande ville ses goûts changent et il devient snob, tu en as pour preuve sa manie d'apporter ses bières importées lorsqu'il vient souper, les tiennes ne sont plus assez bonnes pour lui, et l'autre soir quand il t'a parlé pour la centième fois de cette bière sublime d'Abbaye qu'il a dégustée en Belgique, une bière qui lui a coûté la peau des fesses et qui ne doit plaire qu'aux péteux de broue, tu lui as raconté, goguenard, que la meilleure bière que tu as bue, c'est une Labatt 50 oubliée pendant des années dans le lac à vase plein de sangsues derrière le chalet et qui avait maturé lentement dans le cellier de la nature.

En quatrième année il y avait dans ta classe un élève un peu lent qui avait une peau laiteuse striée de veines et la mauvaise habitude de se fouiller dans le nez sans se cacher, et tu savais qu'une mystérieuse maladie le rendait à part des autres, mais il a fallu qu'il fasse une crise sous tes yeux pour que tu comprennes, et quand il est tombé en convulsions, alors que vous enfiliez vos manteaux, tu as eu peur, tu as mis du temps avant de crier à l'aide et sa main était froide lorsque tu l'as prise dans la tienne pour le tourner sur le côté en attendant l'arrivée d'un adulte.

En revenant de la caisse populaire où tu travailles, tu as pris l'habitude de faire un détour au Bagels Beaubien pour en acheter une demi-douzaine tout juste sortis du four à bois et qui sentent le sésame grillé, et à bien y penser tu en es venu à la conclusion que les boulangers sont des chanceux, puisque l'utilité de ce qu'ils font est immédiatement perceptible, et si leur contribution au bonheur des autres reste modeste, elle est cependant assurée par l'habitude qu'ils créent chez les gourmands de s'offrir un plaisir simple et renouvelable, un plaisir comme tu voudrais pouvoir en offrir à ceux que tu aimes, jour après jour, avec le sens du dévouement des personnes authentiquement bonnes.

Cela t'apaise de savoir que l'option de disparaître sans bruit ni douleur demeure ouverte et que tu pourrais, sans trop hésiter, t'enrouler dans une couverture de laine et sortir dans la nuit noire sans faire de bruit sur le patio pour ensuite descendre calmement vers le fleuve qui coule devant ta maison, accepter la morsure de l'eau sombre, te laisser emporter par le courant, et le froid pressuriserait tes artères jusqu'à ce qu'elles claquent et qu'une grosse bulle remonte à la surface, mais la perspective de ce dernier souffle sans spectateur te paralyse si tu la laisses se déployer, comme s'il y avait dans ta tête un cran d'arrêt qui t'empêchait d'envisager ta mort jusqu'au bout.

Tu t'offres le plaisir de passer quelques heures devant le miroir de la salle de bain à te travestir, tu appliques avec soin de l'ombre à paupières, du mascara, du crayon à sourcils, du fond de teint et du rouge à lèvres sur ton visage après l'avoir minutieusement rasé, et une fois que tu poses sur ta tête la belle perruque blond cendré fabriquée avec de vrais cheveux que ta mère a

Chaque automne, quand les nuits deviennent frisquettes et que les arbres prennent des couleurs, tu passes une fin de semaine dans la cabane plantée sur l'érablière de ton grand-père, et le soir venu tu te rends en quatre-roues au belvédère qu'il t'a fait découvrir quand tu étais petit, plein de souvenirs de lui, puis tu étends sur le sol de vieilles courtepointes rapiécées par ta grand-mère et tu te couches sur le dos pour observer les étoiles, prendre la mesure de ton insignifiance devant l'immensité sidérale, et en fumant un joint tu penses aux chamans amérindiens qui interrogeaient le même ciel que toi, et tu trouves réconfort dans l'idée que ce mystère-là n'a pas bougé depuis des millénaires.

Lorsque tu jettes un coup d'œil aux vidéos offerts sur les sites pornos et que tu constates le nombre effarant de leurs visiteurs, tu t'imagines avec horreur la violence en dormance chez les hommes que tu croises dans les lieux publics, ces hommes qui ont pourtant l'air pour la plupart de bons pères de famille, et lorsqu'ils te reluquent avec leurs airs de propriétaires décomplexés, comme l'a fait le père de ton amie à l'épicerie l'autre jour, tu les imagines se masturber, misérables, devant une de ces compilations de jeunes filles au regard absent qui se font inonder le visage d'une quantité invraisemblable de sperme, et tu as l'impression que s'ils le pouvaient, ils t'éjaculeraient aussi au visage sans même te demander ton nom.

Tu te considères comme un homme de gauche et tu le dis à qui veut bien l'entendre, mais tu aimes tout de même les vêtements griffés, les écharpes en cachemire et les choses délicates confectionnées avec goût, et tu entretiens un mépris secret pour le manque de classe des militants qui s'habillent dans les friperies, qu'ils le fassent par choix ou par nécessité, et aussi tu crains qu'on perce à jour ton imposture et qu'on relève tes contradictions, même si tu comprends trop bien ce qu'il te faudrait sacrifier pour honorer les idéaux que tu défends, puisque tes principes égalitaires, au fond, te procurent un plaisir aristocratique, celui de la distinction qui t'élève au-dessus de la foule abstraite dont tu défends pourtant les droits.

Tu aimerais avoir une photo de la face que tu as faite quand tu t'es avisé que le colosse qui t'a abordé tandis que tu promenais ton schnauzer l'autre soir était en fait le gringalet de ta classe à l'école primaire, le souffre-douleur de votre cohorte, ta première réaction a été de le trouver monstrueux, il devait sûrement consommer des tonnes de produits dopants, la veine saillante sur son cou avait la taille de ton index et ses biceps étaient aussi ronds et chauves que ta tête, et quand il s'est aperçu de ton étonnement, il t'a expliqué qu'il était propriétaire d'un gym privé et que cela lui ferait plaisir de t'aider à retrouver la forme si tu en avais envie.

D'aussi loin que tu te souviennes, l'Halloween a toujours été ta fête préférée, et les costumes que ta mère fabriquait avec sa machine à coudre figurent parmi tes plus beaux souvenirs d'enfance, ils t'ont permis de réaliser très tôt comment les déguisements t'aidaient à oublier ce corps qui t'a échu à la naissance, comme si pour devenir véritablement toi-même il te fallait d'abord disparaître, faire abstraction de ces dents déloyales et de ce nez fendu comme une paire de fesses, et encore aujourd'hui tous les 31 octobre tu te déguises en sorcière ou en mariée suicidée, et tu festoies en savourant la joie que te procure la sensation d'être libérée, pour une soirée, du fardeau quotidien d'être toi-même.

À la façon de ces victimes à la volonté vacillante embarquées dans une quête spirituelle par un gourou charismatique qui les invite à vivre dans le bois et dont on n'entend plus jamais parler, tu ressens le besoin urgent d'appartenir à un groupe et de participer à un projet collectif qui transcenderait ta simple existence, tu as désespérément besoin de l'assentiment des autres, comme si ton enfance passée à jouer seul avec ton Sega tandis que les autres enfants du quartier s'amusaient au Nintendo avait affecté ta perception de toi-même, et bien que tu multiplies les tentatives maladroites pour être admis dans le monde des gens normaux, tu t'y sens aussi à l'aise qu'un clou rouillé dans une boîte de vis.

La dernière fois que tu as laissé un enfant grimper sur ton dos, pour l'amuser, tu as imité le hennissement d'un cheval qui se cambre et il a si mal chuté qu'il s'est fracturé l'humérus à deux endroits ainsi que la clavicule, en plus de se disloquer l'épaule en un craquement sec qui a déclenché ses hurlements perçants, inarrêtables, qui te vrillent encore les oreilles avec une précision oppressante lorsque tu revois son expression, ce visage horrifié qui ne comprenait pas d'où venait cette douleur si soudaine, si aiguë, que tu lui avais infligée en voulant le faire rire, une leçon qui t'a assombri et qui explique ta rigidité précautionneuse lorsque tu joues aujourd'hui avec ton fils.

Tes cheveux et tes ongles poussent sans cesse, toujours différents et pourtant toujours les mêmes, tu scrutes en te rasant le matin ton visage qui change, et le temps, du moins l'expérience que tu en fais, se confond avec le calme futile d'une mer immobile où tu ramerais, tes gestes se font si mécaniques que tu n'y penses même plus, et tu vois bien qu'ils ont une fonction rituelle, qu'ils te rallient à l'humanité et te préparent avec douceur à la mort, ils t'apprennent avec tact à accepter tes rides, tes cernes, et à laisser venir cette fatigue exquise du cadavre qui regarde une dernière fois sa manucure, dans son cercueil de satin blanc.

Même si elles ont quelque chose de révoltant dans leur façon de confiner la diversité de l'esprit humain à seize types, les catégories du MBTI, qui reposent sur quatre grandes dichotomies, permettent selon toi d'entrevoir les liens qui unissent les inconnus entre eux, la foule où tu te perds étant toujours composée de gens introvertis ou extrovertis, sensitifs ou intuitifs, rationnels ou passionnels, de juges ou d'observateurs, et tu trouves réconfort dans cette idée qu'il y a des milliers de personnes qui te ressemblent et qui pensent comme toi, malgré l'isolement dans lequel tu vis, des gens qui partagent tes intérêts, tes valeurs et tes motivations sans même te connaître et qui sont tes frères et sœurs psychologiques.

À force d'entendre parler du virus Zika et de la maladie de Lyme, la charge virale des lieux publics que tu fréquentes déchaîne ton imagination, surtout celle des voitures de métro où tu te glisses tous les matins pour aller travailler, coincé au milieu d'une horde de crottés qui éternuent, qui toussent et qui râlent sans se couvrir la bouche tandis que tu peux presque sentir les microorganismes qui rampent sur ton visage et qui essaient d'entrer par tes narines et par ta bouche, ce qui t'oblige à retenir ton souffle jusqu'à ce que les portes s'ouvrent pour que tu puisses sortir la tête et prendre une bouffée d'air avant que le train ne reparte.

Tu n'arrives pas à comprendre comment à quinze ans tu as osé prendre ton père à la gorge et crier des insultes à ta mère, et si tu ne peux rien changer au passé, tu rêves de te débarrasser de cette honte qui t'accompagne partout pour te rappeler les bassesses que tu as commises, tes trahisons, la facilité avec laquelle tu as laissé tomber les gens qui t'aimaient le plus, comme si tu avais eu la faculté d'oublier ce qui vous liait en claquant des doigts, si bien que pour te consoler tu te convaincs que ton sentiment de culpabilité représente ta planche de salut, la preuve que tu as fait peau neuve et que tu ne recommenceras plus.

Tu croyais que tes lectures sur le système capitaliste, la propagande et la manière dont la psychologie du consommateur ont modelé le XXe siècle t'aideraient à mieux comprendre ta situation afin de trouver comment passer à l'action, les failles à exploiter pour rendre le monde moins impitoyable, et il te faut concéder que ces réflexions ont eu sur toi l'effet inverse puisqu'elles ont paralysé ta volonté d'agir en te montrant de mille manières la façon dont tout est administré, ce qui t'a laissée seule avec ta misère dans cette chambre minable où s'empilent tes livres, incapable d'espoir et pleine du soupçon que le sentiment d'impuissance qui t'accable correspond très exactement à la place qui t'a été assignée.

Tu aimes tellement ton nouveau chum que quand vous faites l'amour, tu ressens l'envie irrésistible de mordre jusqu'au sang ses lèvres pulpeuses et de les arracher de son petit visage parfait, car les tentations qu'il éveille en toi court-circuitent les signaux que ton cœur envoie à ton cerveau et provoquent un mélange terrifiant de désir sexuel et de besoin de lui faire mal, d'où ta propension récente à griffer son torse et à serrer son cou entre tes mains au moment où tu jouis en grognant comme une diablesse que tu vas le tuer s'il cesse de t'aimer, parce qu'il fait partie de ces créatures merveilleuses qu'on préfère détruire plutôt que de les laisser filer sans réagir.

Voilà à peine cinq ans que tu enseignes au cégep et déjà tu dois faire du yoga trois fois par semaine et méditer le soir après souper pour te laver de ton exaspération devant cette bande d'invertébrés arrogants qui te traitent comme un animateur de camp de jour, ces larves qui refusent de te concéder la moindre autorité et qui te regardent avec un sourire blasé en ne prenant même plus la peine de mentir lorsque tu leur demandes s'ils ont parcouru les textes au programme, comme si c'était l'évidence même que tu représentais une époque stupide et heureusement révolue où les gens se mentaient à eux-mêmes en lisant des livres qu'ils croyaient importants, alors qu'au fond ils s'ennuyaient à mourir.

Quand tu as adopté ton chat et que tu l'as baptisé Kinski en l'honneur d'un de tes acteurs préférés, tu étais fier d'avoir trouvé un nom aussi original pour ton animal de compagnie, lui qui ressemblait tant au comédien avec son air grognon et ses grands yeux exaltés, jusqu'à ce qu'une recherche sur le web te révèle qu'il existe dans le monde des dizaines de chats qui portent le même nom, dont certains sont la copie conforme de ton Kinski, ce qui t'a fait comprendre à quel point ton sentiment d'être unique repose non seulement sur l'ignorance, mais aussi sur l'illusion que l'originalité existe, comme s'il était possible d'inventer des idées nouvelles, alors que ce sont elles qui nous inventent.

À dix ans, tu montrais déjà tous les signes de la personne introvertie que tu allais devenir et il t'arrivait de demander à ta mère de répondre au téléphone pour dire que tu n'étais pas là alors qu'en réalité tu jouais des parties de solitaire, notant tes meilleurs scores dans un carnet que tu rangeais ensuite dans un tiroir de ta commode, et aujourd'hui lorsqu'on te reproche ton manque d'enthousiasme pour les soirées de bowling où tu devrais te précipiter avec la même joie qui anime tes collègues, tu repenses à ce petit garçon qui avait besoin de solitude et qui a réalisé assez tôt qu'il lui était souvent impossible de s'abandonner à la joie d'être ensemble.

Même s'il s'agit d'une habitude banale dont tu n'as pas à rougir, tu t'es sentie parfaitement ridicule quand le voisin auquel tu fais de l'œil depuis son arrivée dans le bloc l'été dernier t'a surprise à chanter avec un entrain excessif le morceau qui jouait à tue-tête dans ton casque d'écoute alors que tu marchais vers la station de métro, d'autant plus que cela faisait sans doute quelques minutes qu'il te suivait et qu'il pouvait observer tes gestes emphatiques de jeune groupie qui imite le flot démentiel d'Eminem, une idole de jeunesse que tu adores encore aujourd'hui sans toutefois t'en vanter, parce que tu te sens coupable de vouer un culte à un être aussi vulgaire.

Depuis que tu t'es initié à l'art du texto, après des années de résistance et d'entêtement à utiliser des moyens de communication aussi désuets que le téléphone et les courriels, tu as remarqué à quel point ce type de messages, contrairement à ce qu'on pourrait croire, est surchargé de significations et constitue une véritable école de sous-entendus et d'ironie, faisant du moindre échange un explosif potentiel, comme en témoigne ta propension nouvelle à envoyer des sourires passifs-agressifs au beau milieu de la nuit à ton ex-petite amie, des messages où tu lui demandes hypocritement de ses nouvelles en lui reprochant par la bande son silence, profitant de l'occasion pour lui faire savoir que tu n'arrives plus à dormir.

Au plus fort de la marche pour célébrer la Journée de la Terre et dénoncer l'insouciance des dirigeants face au dérèglement du climat, alors que tu te trouvais au milieu d'une foule de deux cent mille personnes convaincues, tu t'es dit que d'un regard extérieur, par exemple celui d'un dieu mineur qui vous observerait caché derrière les nuages, on pourrait vous confondre avec des microbes qui pulluleraient sur le corps de la planète, et que vous formiez peut-être, malgré toute votre bonne volonté, quelque chose comme une maladie, une infection que le globe doit combattre en déployant des anticorps et en augmentant sa température, une hypothèse que la plupart des gens jugerait absurde, mais qu'une analyse rigoureuse des symptômes n'arriverait pas à invalider.

C'est vers l'âge de onze ans que tu t'es aperçu que les animaux savaient comment vivre, que les écureuils, les oiseaux et les vaches que tu voyais par la fenêtre de la voiture lors des sorties familiales vaquaient tous aux affaires attitrées à leur espèce, contrairement à toi qui devais bricoler des façons de faire au fur et à mesure et qui n'y parvenais que maladroitement, en avançant à tâtons, et en devenant adulte ton envie de trouver une occupation qui irait de soi, qui serait nécessaire et à l'abri des remises en question t'a obsédé jusqu'à ce que tu abdiques et admettes que tu étais condamné à l'incertitude, ce doute qui fonde par-delà l'angoisse ce que d'autres nomment ta liberté.

Tu affirmes avec théâtralité que l'intention d'offrir un cadeau cache toujours des motifs égoïstes, qu'elle est un moyen infaillible de flatter l'ego de celui qui se croit généreux et qu'elle séjourne dans les soubassements les plus crasseux de l'être, dans une pièce humide où un grand miroir ovale invite la personne qui y regarde son reflet à considérer les moindres motifs de ses actions comme les fruits pourris de son narcissisme, même quand celle-ci est persuadée que son offrande est faite avec l'innocence de l'enfant qui, pour être gentil, a volé dans les plate-bandes de la voisine des fleurs qu'il tend en souriant à sa maîtresse d'école, car pour toi les gestes restent toujours intéressés et chaque gentillesse a son étiquette et son prix.

Après trois ans à refuser les invitations bien intentionnées de ton père qui souhaitait enterrer la hache de guerre et te présenter sa nouvelle famille, sa jeune épouse et le fruit braillard de leur union, tu as décidé de faire preuve de bonne volonté en acceptant de passer la soirée chez lui, mais tu ignorais qu'une fois arrivée dans son condo de Griffintown, le malaise effacerait le sourire que tu avais mis tant de temps à composer pour masquer ta désapprobation, transformant en une grimace meurtrie l'espoir qui t'avait amenée à croire qu'il était encore possible de comprendre cet homme qui a remplacé ta mère par une fille de ton âge avec une désinvolture qui te stupéfie encore aujourd'hui.

Depuis que tu travailles chez ScopiTech, tu passes le plus clair de ton temps dans la peau d'un personnage qui porte une lourde pelisse en peau de putois et qui tient un gourdin magique avec lequel il casse les jambes puis écrase la tête des créatures qu'il rencontre d'aventure en aventure, ton travail consistant en l'arpentage des moindres racoins de cet univers sidérant pour y détecter les bogues susceptibles d'interrompre l'expérience d'immersion des joueurs, car une incohérence pourrait couper court à l'oubli de soi qu'ils recherchent avec tant d'ardeur et que d'autres leur offriront si vous ne vous en occupez pas, ce qui fait de toi un marchand d'illusions ou, comme le dit le patron, le libérateur d'une civilisation qui se meurt d'ennui.

Quand tu as joint la chorale de gospel de ton église de quartier, tu aurais éclaté de rire si on t'avait dit qu'un jour tu t'y ferais baptiser, tu n'aurais pas cru possible cette métamorphose radicale, cet abandon rieur si caractéristique de la foi véritable, et pourtant te voilà tout entier renversé dans le bassin d'eau bénite, mort à ton ancienne vie et ressuscité comme ces nouveaux compagnons qui se soucient réellement de toi et qui tapent des mains en chantant pour célébrer ton choix, te voilà devant le reste de ton existence, ce mystère devant lequel tu ne doutes plus, puisque si tu restes aussi ignorant qu'avant, tu as maintenant la foi pour te consoler.

Tu as mis du temps à te rendre compte que ta façon de te comporter en public était dictée par le désir de briller, notamment par ta connaissance encyclopédique des classiques de la littérature, et tu confiais aux gens que tu rencontrais dans les lancements branchés à quel point tu aimais *Don Quichotte,* tu vantais pompeusement le génie de Shakespeare et l'ombre qu'il projette sur la pensée de notre époque, tu disais un tas de choses qui n'intéressaient personne, mais qui semblaient fascinantes à tes yeux, jusqu'à ce que tu saisisses le mépris que tu suscitais, à quel point ton âme était sale et que tu décides de la laisser tremper dans l'eau calme du silence.

Tu consultes les archives du département de la justice du Texas, qui a publié sur son site la composition des derniers repas de chacun des condamnés à mort de cet État depuis 1982, et tu essaies d'imaginer les motifs qui ont pu pousser John Elliott à commettre un meurtre, lui qui a demandé qu'on lui serve une tasse de thé et six biscuits aux brisures de chocolat avant qu'on lui fasse son injection, alors que les autres en profitent pour s'empiffrer de doubles cheeseburgers et de crème glacée, et tu reconnais en sondant ton âme qu'il se pourrait qu'un jour tu sois poussé au crime, la question étant de savoir si ta mère accepterait de cuisiner ton ultime pâté chinois.

Tu as toutes sortes de petits talents superflus comme celui d'être doué au yoyo ou encore celui de battre tout le monde à Tetris, tu as même déjà gagné un tournoi amical de Tetris en jouant avec ton yoyo, tu es capable de bouger tes oreilles, tes narines et tes sourcils en même temps que tes deux petits orteils, tu sais retourner tes paupières sur elles-mêmes pour effrayer les enfants, faire craquer toutes tes jointures, ta cheville gauche, ton cou, tu peux rester près de deux minutes sous l'eau, vomir et pleurer sur commande, roter l'alphabet d'un seul souffle, mais tu n'as jamais réussi à toucher le bout de ton nez avec ta langue.

Quand elle a inscrit son numéro sur ta paume tu as senti s'ouvrir en toi de vastes possibles, et à la fin de la soirée vous vous êtes promis de vous revoir bientôt, si bien que deux jours plus tard en te lavant les mains une dernière fois avant que les chiffres ne disparaissent, tu n'arrives pas à croire qu'elle t'ait donné un mauvais numéro, convaincu qu'il s'agit d'une erreur due à la nervosité, que l'ironie du sort complote contre toi et te refuse jusqu'à la chance de revoir celle dont le sourire t'a permis de rêver à une histoire d'amour avec une femme dont tu ne connais que le prénom.

Tu te souviens confusément du jour où ton père t'a permis de nager sans flotteurs dans la piscine et de cet autre moment, dans la même semaine, où il a retiré les roues d'appoint de ton vélo rouge, dont les rayons pleins de billes multicolores ramassées dans les boîtes de Fruit Loops te rendaient si fier, et de cette photo qu'il a prise après que tu as réussi à rouler seul comme un grand, assis sur la borne-fontaine au coin du terrain, ton sourire bleuté, le Popsicle coulant sur ta main, tes yeux plissés sous la frange de ta coupe champignon, tout ça te revient même si tu sens que c'est arrivé à quelqu'un d'autre que toi.

Ça fait des années que tu veux un tatouage, seulement tu n'arrives pas à te décider puisque chaque fois que tu as une idée, tu la scrutes, la fais tourner du bout des doigts pour l'observer sous toutes ses coutures, puis tu la lances dans la corbeille avec les autres ébauches rejetées, ces citations prétentieuses d'Horace et de Nietzsche, ce cœur de barbelés en flammes que tu as désiré d'abord sérieusement puis dans un esprit ironique, ces références aux dessins animés de ton enfance, *Bugs Bunny, Les Pierrafeu, Scooby-Doo* et surtout, ce saxophone soufflant les premières notes de *My One And Only Love,* qui t'a convaincu que tu préfères tes coups de cœur quand tu peux les renier.

Depuis que tu as découvert son existence, il t'arrive de consulter le site *Worldometers* pour observer la frénésie des nombres qui y défilent sur les compteurs et qui composent ensemble le fardeau entier de l'humanité, les milliards de dollars dépensés pour faire la guerre, pour soigner les gens ou les éduquer, les centaines de téléphones mobiles vendus chaque seconde, la vitesse de la désertification et du saccage des forêts, et devant ces données brutes tu as tendance à croire que ce monde est sans espoir, surtout lorsque tu entreprends de te torturer en calculant le nombre de personnes mortes de faim durant ta dernière séance de natation, deux kilomètres au crawl ou neuf cents décès.

Tu ne vois ton grand-père que de temps à autre, toujours avec l'impression pénible qu'il s'agit de la dernière fois que sa vieille maison s'anime en accueillant le brouhaha familial, ces histoires pleines de gaieté et d'ivresse qui retentissent tandis qu'il berce son rhum et qu'il vous observe avec ses yeux quasiment aveugles, et ce regard laiteux te fait songer à sa mort prochaine, t'incite à te retirer dans un coin malgré ton envie d'être près de lui, et ton ambivalence t'incrimine et se confond avec l'obligation d'être là dont tu crois devoir t'acquitter par devoir filial, pour ne pas devenir l'étranger de la famille qui a renié ses origines avec la fierté du garçon parti vivre à la ville.

Ce midi tu t'es levé par miracle et tu as ramassé les vingt-quatre bouteilles de bière que tu as bues hier en regardant la télé, collé à ton divan comme une tache de graisse qui pense, et tu t'es ensuite rendu au dépanneur juste en bas de chez toi, où tu as échangé tes vides contre un tube d'aspirine, ce qui t'a semblé être un exemple hilarant de cette circularité du cosmos où rien ne se perd ni ne se crée, les corps morts de la veille servant à payer les pilules qui te permettent d'alléger cette tête qui te suit partout où tu vas, sauf parfois quand tu as assez bu et que tu la poses sur un oreiller.

Samedi dernier, lors d'une soirée d'amies, ta coloc a lancé que tu avais une personnalité anale-rétentive et aussitôt la tablée a éclaté de rire comme si l'observation était particulièrement juste, et toi aussi tu as ri puisque tu n'es pas du genre à te formaliser de ce type de commentaires, sans compter que tu ne voulais surtout pas admettre que tu n'as jamais lu Freud et que tu ne sais donc pas vraiment pourquoi il parle d'anus, même si tu te doutes que cela doit être lié à ton incapacité à lâcher prise, tes mains gercées par les produits ménagers trahissant trop bien ta peur de la saleté, de la merde et de la vie elle-même.

Les esprits platement utilitaristes le snobent et répètent à qui veut bien l'entendre qu'on ne saurait survivre en ne mangeant que du céleri, mais tu affectionnes cette plante subtilement aromatique parce que son insignifiance calorique recèle le parfum des gestes inutiles et des plaisirs qui s'assument, une façon d'apprécier le monde à laquelle tu t'es attaché, car rien n'est plus beau à tes yeux que ces moments passés sans qu'on cherche à en retirer de bénéfices autres que ceux de la satisfaction de la pure dépense, à l'opposé de ces calculs corrosifs qui ternissent les joies ordinaires et contre lesquels le croustillant du céleri, sa façon de répondre bruyamment à tes coups de dents voraces, seront toujours immunisés.

Tu n'oublieras jamais la crise d'angoisse que tu as faite seule dans ta chambre du sous-sol chez tes parents alors que tu essayais d'écrire une lettre d'excuse à ton amoureux et que tu as eu la bonne idée de fumer un joint, ce qui t'a plongée dans la mélasse suffocante des passés qui n'ont pas eu lieu, jusqu'à ce que tu sentes ton bras gauche s'engourdir, signe évident que ton cœur était sur le point d'imploser, ce qui t'a poussée à sortir sans faire de bruit par la porte du garage pour te retrouver en pyjama dans le froid craquant de l'hiver, à observer les nuages de ton souffle monter vers les lampadaires pendant que tu revenais à toi.

Il t'arrive de regretter ces étés où ta mère vous demandait, à tes sœurs et toi, d'aller dans le jardin pour y ramasser les bibittes à patates que vous mettiez dans un seau et que votre père brûlait, ce souvenir en attirant d'autres à sa suite, l'onctuosité de la crème que vous renversiez sur les fraises cueillies dans le champ derrière la maison, petites et rouges comme vos coudes écorchés, la blancheur de la grange peinte à la chaux chaque printemps, aveuglante lorsque vous en ouvriez les portes, les coquilles d'œufs disposées autour des plants de tomates pour éloigner les limaces, et le veau dont tu avais tant pris soin, vendu au boucher sans que tu aies l'occasion d'y goûter.

Tu fais ce rêve récurrent où un ami avec qui tu avais l'habitude de partager des cigarettes t'en offre une en riant exagérément, te laissant apercevoir sa langue pâteuse et les taches de nicotine sur ses dents, et lorsque tu lui rétorques qu'il sait bien que tu ne fumes plus, il prend un air sérieux pour te dire que la veille il a fumé avec toi, dans la ruelle derrière le bar, tu étais sans doute trop défoncé pour t'en rappeler, mais lui s'en souvient, et il ajoute qu'il a toujours su que tu ne tiendrais pas longtemps puisque tu es un hédoniste et que les gens de ton espèce ont la volonté frêle et vacillante comme la flamme d'une chandelle.

Puisque c'est toujours à refaire et que tu as de moins en moins d'énergie à y consacrer, tes disputes avec ton chum à propos de ce qu'il juge être ton refus de t'ouvrir parce que tu préfères supposément garder tes pensées pour toi ne font qu'agrandir toujours davantage le vide qui se creuse entre vous, et son envie de te comprendre devient peu à peu la colère du tyran qui revendique son dû, comme s'il ne pouvait accepter l'étanchéité des êtres et qu'il piochait avec désespoir pour percer le secret de ta boîte crânienne, nourrissant ainsi, dans son refus d'admettre qu'il te demande l'impossible, l'espoir vain de passer ne serait-ce que cinq secondes dans ta tête.

Le Cheval d'août

BIENVENU, Sophie
Chercher Sam, 2014 (première édition)

NICOL, Mikella
Les filles bleues de l'été, 2014

RAYMOND BOCK, Maxime
Des lames de pierre, 2015

BIENVENU, Sophie
Chercher Sam, 2015 (réédition)

LAROCHELLE, Corinne
Le parfum de Janis, 2015

BRITT, Fanny
Les maisons, 2015

Simon Brousseau

Simon Brousseau est né en 1985 et vit à Montréal. Il enseigne la littérature au collégial et a signé des textes dans les revues À Babord !, Liberté, Spirale et Zinc. Il prépare un essai sur l'œuvre de David Foster Wallace qui paraîtra chez Nota bene, ainsi qu'un recueil de nouvelles aux fins heureuses. Synapses est son premier livre.

Simon Brousseau
Synapses

Le septième titre publié
au Cheval d'août, sous la direction
littéraire de Geneviève Thibault.

Conception graphique
L'identité et la maquette du
Cheval d'août ont été créées par
Daniel Canty, en collaboration avec
Xavier Coulombe-Murray et l'Atelier
Mille Mille.

Mise en livre
Jolin Masson

Photographie en couverture
Julien Archambault

Révision linguistique
Maxime Raymond Bock

Correction d'épreuves
Rosalie Lavoie

Citation-cheval par Wolfgang
Petersen, dans L'Histoire sans fin

Le Cheval d'août
5639, rue Saint-Urbain
Montréal (Québec) H2T 2X2
lechevaldaout.com

Le Cheval d'août remercie de leur
soutien financier le Conseil des Arts
du Canada.

Dépôt légal, 2016
Bibliothèque et Archives nationales
du Québec
Bibliothèque et Archives Canada

ISBN 978-2-924491-16-4

Distribution au Canada
Diffusion Dimedia

Distribution en Europe
Librairie du Québec à Paris

Synapses a été mis en page
en Domain Text, un caractère
dessiné par Klim en 2012, et en
Post Grotesk, un caractère dessiné
par Josh Finklea en 2011.

Ce deuxième tirage de Synapses a
été achevé d'imprimer à Gatineau
sur les presses de l'imprimerie
Gauvin pour le compte du Cheval
d'août au mois de novembre 2016.

Artax, imbécile de cheval,
il faut que tu bouges sinon
tu vas mourir